DIABOLIK PRESENTA
I BESTSELLER
DEL CRIMINE

Auguste Le Breton

RIFIFI

Con una prefazione inedita di
Andrea G. Pinketts

SONZOGNO EDITORE

DIABOLIK PRESENTA
I BESTSELLER DEL CRIMINE
Da un'idea di Mario Gomboli
A cura di Andrea Carlo Cappi

Per la traduzione l'Editore si dichiara disposto a ottemperare ai propri doveri nei confronti degli aventi diritto.

Via Mecenate 91 - Milano

Traduzione di Romildo Basile

Titolo originale dell'opera
Du rififi chez les hommes

ISBN 88-454-2330-1

I edizione Bestsellers del Crimine Sonzogno
maggio 2003

PREFAZIONE

BENVENUTO RIFIFI

di Andrea G. Pinketts

Dedicato al cane Benvenuto
che in cielo fa pipì
col cane Rififì

Benvenuto Rififì, anzi, bentornato Rififì.

Io ve lo dico, sono un dritto.
A me nessuno fa dispetto.
Lo sanno tutti che è così,
perché mi garba il *rififì*.

Così cantava Fred Buscaglione, su testo di Buscaglione-Chiosso e musiche di M. Philippe-Gérard, legittimando il termine rififi. *E buonanotte ai suonatori. Del resto chi, se non il grande balengo piemontardo, già reduce da una Chicago di bulli e pupe, poteva ottenere diritto di cittadinanza in una Pigalle fatta di vinile? Sappiamo tutti che l'interprete di* Noi duri *aveva il cuore grande come un contrabbasso. In fondo era un usignolo con la voce arrochita dall'alcool e dal fumo, che gorgheggiava guasconate dedicate all'amata Fatima Robins: la signora pettirosso e l'usignolo spaccone, bella coppia.*

Ciò che stupisce è che anche un autentico duro, Auguste Le Breton (mica caramelle), fosse fatto della stes-

sa pasta. Una pasta d'uomo con dei controcojones *talmente esuberanti che Brecht li avrebbe potuti immortalare ne* L'opera da tre palle. *Già: il nostro Auguste Le Breton, al secolo (scorso) Auguste Monfort, quando ha coniato il termine* rififi, *lo ha dedicato alla memoria del suo amato cane. Rififi, appunto.*

Ma gira al largo, per piacer,
se t'interessa non saper
cos'è il *rififi.*

Sempre Buscaglione. Voi, invece, immagino vogliate saperlo. Si potrebbe tradurre "scontro", "rissa", "regolamento di conti", ma è qualcosa di più. È impalpabile, al contrario delle pupe che frequento. Fumoso come una canna rollata su un fucile a canne mozze, ma chirurgico come un bisturi che asporta le chiappe a un infame. È evocativo, anarchico, persino poetico. Come il suo autore.

Monfort nasce in Bretagna, ma guarda un po', nel 1913. Insofferente alla disciplina degli orfanotrofi, preferisce il Tour de France dei riformatori, in cui mette a punto il proprio tour de force. *Dopodiché la (mala)vita è una cosa meravigliosa. Se ne tira fuori grazie alla scrittura, un po' come, anni dopo, il nostro Bruno Brancher, poeta e svaligiatore di gioiellerie.*

Il primo romanzo di Le Breton è l'autobiografico Les hauts murs, *del 1946: esce dopo sette anni di rifiuti (esattamente come* Lazzaro, vieni fuori, *di quel balordo di Pinketts). Ma il colpo gobbo Le Breton lo mette a segno nel 1953, quando, su consiglio di Marcel Sauvage,* nomen omen, *di* Paris-Soir, *comincia a scrivere romanzi sulla mala in* argot. *Nasce* Rififi, *che sbanca alla grande senza spargimenti di sangue, pur contenendo una valanga di morti ammazzati da far in-*

vidia a Billy L'Anglais (al secolo scorsissimo William Shakespeare). Jules Dassin, nel 1955, lo filma da par suo, su dialoghi del buon Auguste.

Le Breton diventa inarrestabile, anche perché conosce gli svantaggi di finire al fresco, e sforna a raffica una sporca trentina, tutti rififi *duri e puri con qualche pennellata di analisi sociologica, squarci di poesia alla Jean Cocteau, revolverate di surrealismo alla André Breton (senza il Le). Purtroppo si invecchia e Auguste passa dall'altra parte della barricata, raccontando le gesta della Brigata Antigang. Roba da freddarlo, anche se i suoi poliziotti, più che degli stinchi di santo, sono omaccioni che prendono i santi a calci negli stinchi. L'epopea del* rififi *è da esporre al Louvre. Dopo averlo saccheggiato.*

Le regole del milieu *sono fratellanza, onore e omertà. Chi sgarra schiatta.I buoni sono magnaccia, rapinatori, Robin Nud e Crud. I cattivi svolgono la stessa professione, ma sono infami sciacalli, Giuda da 30 vecchi franchi. Non c'è redenzione senza tragedia in agguato. E poi... chi se ne sbatte la Tour Eiffel di redimersi? L'importante è vendicare i compagni di merende, i "ladri di merendine", direbbe Camilleri. Lo sa bene anche Albert Simonin, che in quello stesso 1953 scrisse* Grisbi, *altra parola magica coeva, l'apriti sesamo delle casseforti degli editori.*

In Rififi, *quello che avete coraggiosamente in mano anche se è roba che scotta, c'è veramente un universo. C'è Tony, minato dalla tibicì contratta in carcere, che dopo avere freddato un pokerista poco ortodosso e ustionato col ferro da stiro le tette (lo strumento di lavoro) della sua ex scaldaletto fedifraga, tenta il colpo grosso. C'è lo Svedese, il suo migliore amico, padre tenero e spaccaossa durissimo. Ci sono i nordafricani bastardi, descritti in modo politicamente scorretto come "caffellatte" o "terracotta". C'è droga, c'è l'imperativo di non immischiare i bambini, ci sono pupe coriacee e "lesbiche un po' bevute". C'è il mondo, porco mondo. Ma c'è soprattutto il linguaggio. Le donne bisogna "scozzonarle" o "strigliare loro la cotenna". Ci sono le regole: "rapire un bambino... non era pane per duri francesi... bisogna avere niente in petto per rubare un bambino". Ci sono battute irresistibili: quando un duro viene torchiato dalla pula, alla domanda "Che mestiere fa?" risponde "La disperazione dei miei genitori". Ed era orfano.*

Siamo tutti un po' orfani di Auguste Le Breton. Mentre scrivo queste righe, è una settimana che è morto il mio cane Benvenuto, un bastardo. Mia madre oggi si è precipitata al canile e adesso una bastardina è entrata nel milieu. Si chiama Venturella, perché è femmina. Fosse stato un maschio, l'avrei chiamato Rififi. Roba da uomini veri.

Andrea G. Pinketts, marzo 2003

RIFIFI

1

L'attacco di tosse colse Tony nel mezzo di un rilancio. Mollò le carte, portò una mano alla bocca. Con l'altra tirò fuori il fazzoletto, ci scatarrò dentro. La tela si macchiò di rosso.

Gli altri aspettavano in silenzio. Uno, il Bordolese, si stiracchiò: il calcio di una rivoltella gli spuntò tra la cintura e i calzoni.

In quanto al fumo, lo si poteva tagliare a fette, a colpi di coltello. Erano già le dieci del mattino. La lampada, a piombo sul tavolo da gioco, era accesa fin dal giorno prima. E non si sarebbe spenta molto presto.

I duri, seduti al tappeto verde come alti papaveri a un consiglio d'amministrazione, non se la sarebbero cavata così. Erano giocatori, erano intossicati dalla partita. Non avrebbero tolto le ancore prima di aver arraffato o mollato qualche centinaio di sacchi. Tony ricacciò in tasca il fazzoletto e riprese le carte.

"Visti i trentamila", disse.

Aveva una voce smorta, fredda, senza timbro. Non batté ciglio quando perse il piatto che finì al Bordolese. Nessuna emozione sul suo viso pallido, scavato, che la morte cominciava già a segnare. Col dorso d'un dito sparpagliò le poche *fiches* che gli rimanevano.

"Paulo! Sgancia cento sacchi", disse.

L'uomo che teneva i soldi della partita, uno zoppo, si alzò dalla sedia dove aveva passato l'intera notte. Non giocava, lui. E con che cosa l'avrebbe fatto, perdio? Dal primo all'ultimo giorno dell'anno era in bolletta sparata. Si era messo sì con una tipa che batteva il marciapiede alla Charbonnière. Ma la sua Lulù? Un bel campione davvero! Non gliene fregava niente di guadagnare il becco d'un quattrino. Nonostante la sua mancanza di classe, i duri lo sopportavano. Potevano contare su di lui per i piccoli servizi, per gli incarichi un tantino ripugnanti. Per tenere le poste del gioco, poi, era insuperabile. Mai che si lasciasse confondere dai numeri. Una vera macchina calcolatrice, Paulo lo Zoppo.

"Ma, Tony!" lo rimproverò lui, con cortesia. "Sai bene che sei già sotto di..."

"T'ho chiesto un parere?" lo interruppe il Lionese. "Pago sempre i miei debiti, io, no? Devo un soldo a qualcuno, qui?"

Il suo tono non era affatto minaccioso. Si informava, ecco tutto.

"Va bene, Paulo", borbottò uno dei compari, un magnaccia. "Fuori i cento sacchi che Tony ti ha chiesto."

A nessuno piaceva fare credito. In partite come quella, però, non se ne può fare a meno. Per chi perde forte, i cordoni della borsa si allentano sempre. Non si può mica costringere uno a portarsi a spasso tutto quello che ha.

Con le dita lunghe, quasi trasparenti, Tony allineò davanti a sé i gettoni da diecimila. Non ci rimasero che per una mano. Il suo tris d'assi si trovò contro un full di fanti. E i gettoni andarono a impinguare il mucchio di Miro, un tenutario che gestiva una casa clandestina a Lilla.

Il Lionese voltò il viso esangue verso Paulo lo Zoppo.

"Altri cento", chiese.

"Vediamo, Tony", protestò l'interpellato. "Non so se..."

Distolse lo sguardo. Non era di una levatura tale da poter affrontare, sia pure con gli occhi, il Lionese.

"Su, chiedilo agli altri", insinuò per sgravarsi della responsabilità.

Con un colpo d'occhio, Tony passò rapidamente in rivista i giocatori. Questi, sotto le dure pupille nere che li interrogavano, si sentirono a disagio, volsero il capo.

Soltanto un giovanottello, da poco approdato da Nizza, propose:

"Se vuoi che ti presti qualcosa, Tony..."

"Non val la pena", replicò seccamente il Lionese.

Queste proposte non gli andavano a genio, specialmente da parte di uno sconosciuto. L'ambiente gli sembrava stranamente cambiato durante i cinque anni che aveva appena finito di passare al fresco di Melun. Prima, sulla sua reputazione, gli avrebbero concesso, belli e sonanti, un paio di milioni di credito. E ora, per quattrocento luridi sacchi...

"Va bene", disse. "Vado a telefonare che mi portino il carburante."

Un coro di implorazioni si levò dalla tavola: "Tony, vediamo... Sai bene che tra noi... Puoi ancora prendere cento sacchi... Ci fidiamo..."

Senza dire bah, il Lionese s'allontanò verso la porta che separava la sala interna da quella del banco.

In veste da camera, steso sul divano del salotto, Jo lo Svedese fingeva di badare al giornale. In realtà non leggeva. Il foglio gli nascondeva il bel viso abbronzato, illuminato da un sorriso. Una manina tirannica gli toglieva e gli rimetteva le pantofole e, ogni tanto, gli torceva le dita dei piedi.

Nella stanza accanto l'aspirapolvere cessò di ronzare. La porta si aprì e una voce dolce, affettuosa minacciò:

"Tonio, vuoi lasciare in pace tuo padre? Mi ascolti? O vuoi una sculacciata?"

Il bambino si raggomitolò fiducioso contro il fianco dello Svedese. La risata di Jo coprì quella sbarazzina del piccolo. Il giornale, strappato da due manine autoritarie, svolazzò sul tappeto.

"Me lo guasti, Jo", fece la donna, bruna e giovane, in vestaglia di seta rossa. "Gli lasci fare tutto quello che vuole... Vedrai che..."

S'interruppe, voltò il capo verso il telefono che squillava. Attraverso i vetri un raggio di sole rischiarò il suo profilo. La donna alzò la cornetta, ascoltò, disse qualche parola poi la porse al marito.

"Per te, Jo. È Tony..."

D'un balzo lo Svedese si rizzò in tutto il suo metro e ottanta. Col braccio stringeva ancora il bambino.

"Sì, Tony? Tutto bene, vecchio?... Cosa? Cinquecento sacchi? Ma certo. Dov'è che sei?... Da Fredo? D'accordo... Lasciami, Tonio... Come? No, non te. È il tuo figlioccio che mi tira i capelli... Mezz'ora? Sì... Aspetta, aspetta! Hai passato tutta la notte a giocare?... Hai perso molto?... Seicento col credito? Porca miseria! Chi sono i tipi che giocano?... Sì... Sì ... Sì... Come? Il Bordolese? E con lui non c'è anche un piccoletto, un giovanotto di Nizza?... Ah, sì?"

Il sorriso si gelò sul volto dello Svedese. Una ruga gli solcava la fronte. Un'espressione dura aveva cancellato la dolce ironia dei suoi occhi azzurri. Impaurito dal cambiamento improvviso, il piccolo Tonio cominciò a scalciare. Suo padre si chinò per rimetterlo in libertà.

"Avresti dovuto avvisarmi che andavi a giocare", continuò lo Svedese. "L'ambiente si è guastato mentre tu stavi al fresco. Il giovane Nizzardo è in combutta con il Bordolese. Ti hanno fatto fesso, è chiaro! Sono approdati qui dalla bassa per barare a poker. Il Nizzardo è un cannone in questo lavoro. Manipola gli assi. Dovevi stare all'erta. Insomma, aspettami senza fare baccano; cercheremo di rimettere le cose a posto. Tu continua a giocare come se niente fosse. Vengo subito."

Lo Svedese, che stava per riagganciare, diede un balzo.

"Come?" urlò. "Non vuoi che venga? Me lo proibisci? Perché? Sei pazzo... Tony! Tony?"

Uno scatto e silenzio. Anche lo Svedese riagganciò. Con mano rapida aveva slacciato il cordone della veste da camera.

Di ritorno dal telefono, la grinta del Lionese era ancora impenetrabile, i suoi gesti sempre indolenti. Per due o tre secondi rimase sulla soglia per disorientare i giocatori. L'abito non aderiva al corpo già votato alla decomposizione. Quando camminava, lo scheletro si rivelava sotto la camicia. In lui non viveva che uno sguardo, nero, crudele, intelligente. In quel momento, però, la tesa abbassata del cappello ne velava il bagliore. Tornò a prendere posto alla tavola; accese una sigaretta, e chiamò lo Zoppo con un cenno.

"Mi portano il grano fra un quarto d'ora", spiegò. "Mollamene un centinaio."

"Bene, bene, Tony", fece Paulo.

Con le spalle curve, la testa china, il Lionese parve badare al suo gioco. Si vedeva solo la cupola del suo feltro marrone. Senza entrare, aspettò che le carte arrivassero al Nizzardo. Sembrava davvero che si occupasse soltanto delle *fiches* allineate dinanzi a lui. Ma, da sotto il cappello, non cessava di scrutare, con la coda dell'occhio destro, le mani del Nizzardo che scozzava le carte. Di colpo, la sua voce sibilò come una frusta:

"Lascia le zampe dove sono, piccolo. Non muoverti."

Le sue, le muoveva, Tony. E in pugno gli era apparso un rosario a canna corta, munito di silenziatore: un regalo di Roger da San Francisco.

"Non tentare di prendere il tuo aggeggio, tu, Bordolese", intimò alzandosi di scatto. "Tieni le zampe sul tavolo. Un gesto e ti faccio fuori."

Sempre sorvegliando la tavolata, andò a piazzarsi dietro il Bordolese. La nuca di costui, così rosea e ben esposta, lo seduceva. Tony la colpì col pugno armato. L'individuo si afflosciò sulla sedia. La canna del Lionese era di nuovo in posizione di sparo. Facendo scivolare una mano sotto il braccio del Bordolese, s'impossessò della rivoltella infilata nella cintura. Una P 38. Bell'arnese. Col pollice fece scattare la sicura: l'F rossa, piccolina, apparve. Tony s'avvicinò al Nizzardo, le cui mani tremavano sul mazzo di carte. Il sudore gli sprizzava dal cranio e inzuppava il Borsalino grigioperla.

Con la P 38 il Lionese diede un colpo secco sulle dita del pivello.

"Volta il mazzo", intimò, "voglio dare uno sguardo alle ultime tre."

L'altro ubbidì. Gli occhi del Lionese avvamparono scorgendo tre assi, uno in fila all'altro.

"Dunque volevi farmi fesso, pezzo d'imbecille. Hai creduto di potermi mettere nel sacco con questo trucchetto!"

"Ma, Tony!" tentò il Nizzardo, disfatto dalla fifa.

"Taci!"

"Vediamo, Tony...." arrischiò a sua volta il tenutario.

Il Lionese gli diede un rapido sguardo, buttò un occhio sugli altri due giocatori, due papponi che avevano le loro donne in Svizzera, e brontolò:

"So che voialtri non c'entrate. Perciò chiudete il becco. Capito?..."

Col pugno armato fece un segno al cassiere.

"Quanta grana hai, nella cassetta?"

Lo Zoppo, che da giallo era diventato grigio, balbettò:

"Milleduecento sacchi".

"Mettimeli davanti. Presto."

"Tony..."

Uno dei ruffiani, d'istinto si era alzato a metà. Davanti all'artiglieria, di colpo puntata verso di lui, si risedette.

"Questo denaro è di tutti", ebbe però il coraggio di aggiungere. "Noi siamo in regola; non abbiamo fiutato che c'era del marcio nella partita. Che ti riprenda il tuo grano, è giusto. Ma non il nostro."

Il Lionese abbozzò un sorriso cinico, superiore. Rinculando, andò a prendere il soprabito e, dopo essersi ficcato la P 38 in una tasca, l'indossò. Poi tornò alla tavola. Con la mano libera arraffò i bigliettoni che lo Zoppo vi aveva deposto.

"Ve la sbrigherete tra voi", sibilò tra i denti. "Ora, a te, bello..."

Il Bordolese emise un debole gemito. La macchia di sangue s'allargava sul colletto bianco della sua camicia di seta.

Tony lo guardò di sbieco, poi riportò lo sguardo sul Nizzardo. Riprese:

"Ora a te, bel giovane. Per impedirti di andare in giro a vantarti di avermi fregato a poker, ti..."

Un odore più forte di quello del fumo e dell'alcool si sprigionò nell'aria. Il Nizzardo l'aveva mollata. Le sue finestre si spalancarono, piene di terrore. La fifa gli stendeva sulla retina un velo grigiastro; non doveva più vedere molto, il gran giocatore.

Per un decimo di secondo Tony agitò il cannone nel cavo della mano. Sempre così, sparava. Un po' dal basso, per risalire al bersaglio. Tre volte di seguito schiacciò il grilletto. La prima palla beccò il Nizzardo in fronte, sotto il "grigioperla". Le altre due, un po' più sotto, verso le guance.

L'uomo crollò in avanti, sulle proprie braccia. Il Borsalino rotolò sulla tavola. Un grumo di cervello schizzò sui tre assi.

Un gorgoglio alla destra di Tony... un fetore ancora più acre. Lo Zoppo, verde, con le mani sul ventre, dava fuori l'anima.

Rinvenuto dallo stordimento, il Bordolese si alzò. Era stralunato. Istintivamente la mano gli scivolò alla cintura. Alle spalle di Tony una canna abbaiò. Il braccio del Bordolese, fracassato da una calibro dodici, ricadde con due scatti, come una molla.

Tony si voltò di scatto.

La figura robusta dello Svedese si ergeva sulla soglia. Il feltro non aveva potuto trattenere una ciocca bionda che, ribelle, gli disegnava sulla tempia un tirabaci. Dall'orlo dei pantaloni di *tweed* spuntava il blu tenero di un pigiama. Allacciata in fretta e furia, la cintura del soprabito rivelava le anche sottili e il torso largo. Nel suo pugno destro fumava una Colt.

Una luce tenera riscaldò le fredde pupille di Tony.

Lo Svedese guidava il suo macinino con mano esperta. Una sigaretta gli ballava all'angolo delle labbra.

"Perché non mi hai aspettato?" protestò. "Vuoi proprio finire all'obitorio? Lo sai che sono teste calde, questi duri venuti fuori dopo la guerra. Ti spacciano un tipo per un sì o per un no. Dei pazzi, te l'assicuro. E perché accoppare il Nizzardo? Ci si poteva arrangiare in modo diverso. Spazzargli il grano, per esempio... No?"

Tony guardò il profilo del compagno d'infanzia. Sorrideva.

"È fatto", disse.

"Cosa?"

"Il grano..."

"L'hai arraffato?"

Il Lionese sogghignò:

"Diavolo! Credi che mi sarei lasciato fregare da quei bellimbusti impomatati? Scherzi?"

Lo Svedese frenò davanti al rosso. Riaccese la cicca, guardò il compagno, sospirò.

"Hai un aspetto strano. Perché non ti ritiri in campagna? A Mont-Doré, per esempio... Ti rimetteresti. Credi che ti faccia bene passare la notte al tavolo verde?.... Con tutto quel fumo?"

Tony scosse il capo.

"Sono spacciato", dichiarò. "Lo sai bene... non mi faccio illusioni. Quindi, un po' prima o un po' dopo..."

La salute di Tony era il chiodo fisso dello Svedese. Niente da fare purtroppo. Il Lionese non voleva lasciare Parigi. Da un mese era uscito di gabbia ma non voleva sentir parlare di andare a rifarsi un po' di colore. Quattro settimane di libertà l'avevano messo a terra. Passava le notti nei *tabarins*, ciondolava per la capitale, si rituffava nel "giro" che aveva dovuto disertare nei cinque anni che era rimasto al fresco. Quella malattia, d'altronde, se l'era buscata là dentro.

Il suo carattere notoriamente indomabile gli aveva tirato addosso vari periodi di cella di rigore. E in quel luogo inumano – una ciotola di minestra e un tozzo di pane due volte alla settimana – la tibicì gli aveva devastato l'organismo. Se, dopo essere uscito da Melun, avesse voluto vivere tranquillamente, forse avrebbe potuto prolungare la sua esistenza.

Ma Tony non era uomo da vivere a metà...

Alla luce verde lo Svedese ripartì.

"Vieni a casa a mangiare qualcosa", disse. "Louise ti ha preparato una di quelle zuppe di pesce... Sa che ne vai matto."

E per prevenire il rifiuto dell'amico, aggiunse:

"Il maschietto ce l'ha col suo padrino. Si lamenta sempre che vieni a vederlo troppo di rado".

Il Lionese parve interessarsi al traffico, prima di mormorare:

"Forse è meglio di no... Un tisico, sai..."

"Va là, che non conta tra noi!" protestò lo Svedese. "Se tu avessi cantato, cinque anni fa, chi ti dice che non sarebbe toccato a me di avere i polmoni marci? E poi, il bambino è robusto, no? D'altronde Louise mi ha detto di rimorchiarti su e io ti rimorchio."

"D'accordo, Jo", cedette il Lionese. "Andiamo. Ah, prima che mi esca di testa. Non dimenticarti di andare da Mario. Fatti dire se ha gli arnesi e se il suo compare è arrivato. Ci manca poco. Aspetto un'ultima informazione e poi al lavoro."

In lontananza scorse un negozio. Un sorriso ravvivò un poco il suo pallore. Diede un'occhiata nel retrovisore, sfilò rapidamente la chiave dal cruscotto. Poi tolse il volante dalle mani dell'amico e diede un leggero colpo di sterzo verso destra. La macchina scivolò lentamente, per qualche metro, e andò a fermarsi davanti a un negozio di giocattoli.

2

"Ebbene, Mario?... È un po' tonta la ragazza. E non credi? Temo che l'abbia pagata un po' cara!"

Col pollice ben curato, l'Italiano si lisciò i baffetti da primattorgiovane. Scosse il capo impomatato, folto di riccioli neri dai riflessi azzurri.

"Si farà", rispose (senza guardare Ida, la sua donna, seduta su un bracciolo della poltrona sulla quale lui stava abbandonato). "Ha bisogno di essere ben amministrata e basta."

Con uno sguardo da sensale di cavalli, valutò il suo acquisto.

"Non ti fare cattivo sangue per quello che ho sganciato", aggiunse per compiacere il gusto del risparmio della donna. "Vedrai che diventerà una puttana in gamba. Guarda che puledra... Un vero purosangue."

Ida volse i magnifici occhi scuri verso Yvonne, la nuova. Per il momento il purosangue doveva ancora guadagnarsi l'avena. Un abitino da tre soldi la copriva appena. A una scarpa mancava un tacco. Una ciocca di capelli, ribelle al parrucchiere, le nascondeva uno degli occhioni ingenui accentuando l'aggressiva sensualità del viso. Neanche venti primavere. Sì, un bell'articolo. Mario non sbagliava mai un colpo. Ci sapeva fare. Le adolescenti erano la sua specialità. Non rimpiangeva i duecento sacchi versati al Corso. Era stato il Corso a non avere naso. Mario, lui, calcolava già i begli incassi che quella bambinona, slanciata e bene in carne, gli avrebbe procurato.

Per cominciare bisognava, prima di tutto, trasformarla, prenderla saldamente in pugno e dare uno strattone alle redini per impedirle di impegolarsi di nuovo con le balere di periferia, dove si dava agli uomini, così, per il piacere. Se aveva voglia di maschi, ne avrebbe avuti. A usura. Ma non a sbafo. Che i merli della Madeleine preparassero la grana. Potevano farsela, l'Yvonne. Solo che avrebbero dovuto sbattere fuori il grano. Eccome!

Con un indolente colpetto sul deretano, Mario allontanò Ida dalla poltrona.

"Su", fece. "Attacca."

Piccola, minuta e bruna, Ida si diresse verso il telefono. Il tailleur che le metteva in evidenza le forme veniva da Carven. Eh, sì, era lì che si vestiva. Poteva permetterselo. Era la meglio pagata di tutta la Madeleine. L'aveva istruita Mario. Sedici primavere aveva, quando Mario, una sera, a un ballo, l'aveva soffiata a Jo. In quel tempo, lei era sola soletta, senza un soldo per mangiare, senza una cameretta per dormire. Con Mario le cose non erano andate per le lunghe: otto giorni appresso, dopo averla scozzonata, l'aveva buttata allo sbaraglio. Da allora gliene aveva procurati, lei, di frutti! Appartamento di cinque locali con tutte le comodità, una bella decappottabile, e tutto il resto.

La sua fama era ormai solidissima. Aveva un'ottima reputazione. Tutti i magnaccia di Parigi la citavano come esempio alle loro donne. I vecchi ruffiani si piazzavano sulla terrazzina di un caffè per osservarla mentre batteva il marciapiede e ricordare così, con gioia da conoscitori, i bei tempi passati. Dalle due alle otto, era il suo orario. Con un'aria da conquistatrice, lo sguardo invitante, misurava con le scarpette lucide l'asfalto del *boulevard.* Sempre agghindata in modo diverso. Gli abiti aderentissimi, l'andatura ondeggiante, mettevano il prurito alle mani. Sotto la camicetta, il davanzale puntava verso il cielo come una batteria contraerea. Le gambe stuzzicanti e nervose, inguainate di nailon, facevano seccare la gola ai passanti. Con i clienti Ida non perdeva tempo. Incassava il prezzo, e via, di nuovo sulla breccia ad agganciarne un altro.

Dal suo accendisigaro in oro zecchino, Mario aspirò la fiamma nella sigaretta. Poi si accomodò meglio nella poltrona, incrociò le gambe, attento a non sgualcire l'abito da cinquanta bigliettoni.

"Attacca", ripete a Ida che, con una guida telefonica sottobraccio, si era avvicinata a Yvonne sulla soglia del salotto. "Cominciamo con le gambe."

Il nero della veste, un po' unto verso l'orlo, contrastava con la sua pelle di bionda. Aveva le gambe lunghe, ben disegnate, benché un po' grasse. Non portava calze.

Ida, storcendo la bocca, esclamò: "Non mi sembri tanto pulita, eh? E adesso, voltati".

La ragazzona obbedì. Che cosa non avrebbe fatto per rimanere in quell'appartamento ben riscaldato, dove tutto odorava di lusso e ricchezza. E poi, come resistere alle parole di Mario?

"Può andare", fece lui. "Ma, Dio, che schifezza! Occupatene tu. Falla camminare, ora."

Un profano considererebbe vizioso questo modo di agire. Loro, Ida e Mario, no. Gli affari sono affari. Quanto al resto, l'occasione per una partita a letto? Complicazioni da novellini, fesserie...

La ragazza lasciò cadere la sottana e si voltò di nuovo. L'altra le porse la guida.

"Incollati questa sulla zucca e cammina dondolando leggermente le braccia."

Yvonne avanzò, secondo le istruzioni, sul tappeto spesso. Ma il tacco mancante le guastava il profilo.

"Cavati le barche", ordinò Mario.

Yvonne riprese, scalza, la sua esibizione da indossatrice. Era obbligata a tenersi eretta e la sua linea ci guadagnava. Mario se la figurava come sarebbe divenuta di lì a qualche tempo, dopo esser stata dirozzata. Ragazzi, che guadagni in vista!

Lo squillo di un campanello lo riscosse dai suoi calcoli. Attraverso la spia individuò il visitatore e aprì sorridente.

"Entra, Jo", fece, tendendo la mano. "Come va?"

Lo Svedese spinse il cappello sulla nuca. Qualche goccia d'acqua gli scorreva sulle gote abbronzate. Irradiava forza e salute.

"Tiriamo avanti", rispose. "Sei solo?"

"No, c'è Ida. Vieni."

Entrarono in salotto.

Lo Svedese rimase di stucco davanti a Yvonne che, con le braccia ondeggianti, teneva la guida in equilibrio sulla testa.

"Diavolo!" esclamò. "Sembra di essere al circo."

Guardò Mario, incuriosito.

"La mia nuova ragazza", spiegò l'Italiano. "Ida le insegna ad ancheggiare. Bisogna ammaestrarla un po'."

"È in gamba", convenne lo Svedese, stringendo la mano a Ida. "Congratulazioni."

Gli sorridevano gli occhi. Quel Mario con le sue donne...

L'Italiano diede a Yvonne una manata sulla groppa e la guida finì per terra.

"Sloggia di qui", le ordinò. "Ida ti porterà in bagno."

Si rivolse all'altra.

"Portaci da bere, pupa. Poi la raggiungerai. Abbiamo bisogno di parlare Jo e io. E dacci sotto con quella ragazza. Sono pronto a scommettere che non ha mai visto una stanza da bagno. Nel bidet vorrà lavarsi i piedi."

Seguì con lo sguardo le due pollastrelle che si allontanavano.

"E dille di cambiar nome... Yvonne? E perché non Anastasia? D'ora in poi la chiameremo Gaby."

Si rivolse allo Svedese:

"Nomi simili eccitano i giovanotti. Devono avere l'impressione di farsi una ballerina. Parola mia, diventano più generosi. Sganciano più facilmente."

Lo Svedese si sprofondò in una poltrona, guardando Ida che versava il liquore. Aspettò che la ragazza sparisse, poi lanciò a bruciapelo:

"Hai notizie del tuo amico?"

L'accendino dell'Italiano scattò.

"Sì. Sarà qui stasera, Arriva col treno di Milano verso le undici. Gli andrò incontro io, personalmente."

"Bene. E gli arnesi?"

"Non ti preoccupare. Tutto è pronto e al sicuro qui in cantina. Per quando è?"

Lo Svedese posò il bicchierino d'anice.

"Ancora non lo so. Domani, dopodomani. Devo mettermi d'accordo con Tony. Ti darò un colpo di telefono. Rimani a casa, in serata?"

L'Italiano aspirò una boccata di fumo e la risoffiò.

"No, porterò il mio tipo a zonzo per Montmartre. Vorrà cavarsi lo sfizio di un'orgetta, lo sai. Bacco e Venere non gli dispiacciono mica. Andremo al Rêve

Bleu a vedere il fondo di qualche bottiglia di champagne. Ci sono certe figliole, là dentro, in questi giorni... Ma non posso lasciarlo solo. Non mastica il francese. Forse è meglio che te lo dia io, un colpo di telefono. Cosa ne dici?"

Lo Svedese si alzò.

"D'accordo", fece, "ma non sbevezzate troppo. Dovete mantenervi in forma. Non è il caso di avere fifa all'ultimo momento."

Anche Mario s'alzò.

"Non preoccuparti. Lo sai, che ce la faremo." Poi, in tono dispiaciuto, aggiunse. "Te la squagli così presto? Non vuoi mettere qualcosa sotto i denti con noi? La cuoca ha preparato uno di quei cosciotti!"

Lo Svedese sbottò in una risata davanti al gesto esagerato di Mario, che, con le mani, aveva disegnato nell'aria un cosciotto di un metro.

"No, grazie", rispose. "Devo andare a svegliare Tony. Volevo solo sapere quando sarebbe arrivato il tuo tipo... Ciao."

Mario ricondusse lo Svedese alla porta. Tornando sui suoi passi, entrò nella stanza da bagno. Davanti alle isolette di sporcizia che navigavano sul pelo dell'acqua, esclamò:

"Schifosa! Ci voleva proprio. Non deve mai essersi lavata, questa ragazza!"

Scorse una spazzola di saggina, la prese e la gettò a Ida.

"Prendi, strigliale la cotenna. Ne ha bisogno. Dacci sotto."

Tony si era infilato una spessa veste da camera. Scosso dai brividi, si arrotolò una sciarpa intorno al collo scarnito, si avvicinò alla porta e tese l'orecchio al secondo segnale: tre colpi fitti seguiti da tre colpi più spaziati... Aprì.

"Salve Jo", esclamò. "Va bene, ragazzo?"

Lo Svedese si diresse subito alla finestra dello studio, e fece scorrere la tenda scoprendo un cielo cupo.

"Va bene", rispose infine. "E tu? Non sembri molto in forma. Hai dormito male?"

Senza rispondere, il Lionese si avvicinò a una gabbia dove cinguettavano alcuni uccelli. Anch'essi, come il loro padrone, dormivano fino a tardi. Lo salutarono con qualche fischio festoso. Erano canarini.

"Allora, mio piccolo Charlot?" fece Tony a un affarino giallo che, gonfio di gioia, si dondolava roteando le pupille nere. "Hai fame? E tu, Dorotea? Hai dormito bene?"

Dorotea agitò le piume grigie, venate d'oro. Dorotea capiva. Gli uccelli, credete, capiscono. Tony sorrise. Inserì una zolletta di zucchero tra i fili della gabbia, cambiò l'acqua nella minuscola vasca e stese la mano lunga verso lo Svedese.

"Jo, passami il mangime... Vicino al bar... Serviti, se hai sete... Un attimo e sono da te."

Lo Svedese gli portò il pacchetto di mangime e propose:

"Vado a prepararti un caffè. Ti riscalderà. Hai l'aria tutta gelata. Eppure si sta bene, qui".

E subito si diede da fare nella cucina modernamente attrezzata.

"Dimmi, Tony", gli gridò riempiendo la caffettiera. "Ti ho portato il giornale. Parla del Nizzardo. Sai già tutto?"

"No", rispose l'altro.

"Il cadavere è stato ritrovato all'alba vicino alla

porta d'Asnières. Fredo deve averlo trascinato fin là, ieri sera. Non è scemo, il vecchio Fredo... Non ha voglia di vedersi chiudere la bettola..."

"E il Bordolese?"

"Il giornale non dice niente. È andato di sicuro a farsi medicare da Marcello, il dottore. Puoi giocarci la testa che non ci tiene a farsi interrogare dagli sbirri su quel colpo di pistola."

L'assassinio del Nizzardo sarebbe presto finito nel dimenticatoio. I questurini, naturalmente, avrebbero rastrellato Montmartre. Avrebbero appuntato i sospetti sui compari dell'ucciso... Ma si sarebbero rotti la zucca a forza di indagare... E nessuno si sarebbe sbottonato. Su questo non c'erano dubbi.

"E il tipo di Mario?" s'informò Tony. "Nessuna notizia?"

"Sì. Arriva stasera da Milano. Non ci resta che decidere il giorno. Cosa ne pensi?"

Con un ultimo sguardo verso i suoi canarini, il Lionese si voltò verso l'amico. Prese la tazza che gli veniva porta e ne aspirò il profumo.

"Ci sai fare, amico. È un caffè coi fiocchi."

Ne bevve un sorso.

"Tanto vale agire al più presto, non credi? Ti va, dopodomani? Se il tizio è in gamba come dice Mario, va tutto a gonfie vele... Non vale la pena aspettare."

"Avremo bisogno di un macinino."

"Me ne occupo io. Ne soffierò uno, all'ultimo momento, davanti al Rex."

Lo Svedese mandò uno spruzzo di seltz nel suo Cinzano.

"Ancora una cosa: sembra che Mado sia tornata. Da una settimana si dà da fare al Cimiterre d'Or, in via Pigalle. L'ho saputo da Lolo, il Marsigliese."

Il cucchiaino si arrestò di colpo nella tazza di Tony. Un bagliore feroce gli saettò negli occhi neri. L'emozione gli fece avvampare di febbre il viso smorto. Un accesso di tosse lo scosse. Tirò fuori di corsa il fazzoletto.

3

Andavano a gonfie vele gli affari del Rêve Bleu. Il locale rigurgitava di gente. Le decorazioni rosse sembravano chiazze di sangue sui muri giallognoli. Sul palcoscenico, grande come la coscienza di un parlamentare, cinque o sei ballerinette agitavano i glutei chiusi nei puntini di raso azzurro. Bei pezzi di figliola nell'insieme, ma del tipo contadinotta... Si credevano artiste, loro, eh?

C'erano sì, tra di loro, un paio di vecchie baldracche con il seno che stava andando in gelatina. Ma, complice l'illuminazione...

A un tavolo, circondato dal suo harem, Mario troneggiava come un Aga Khan. Yvonne sgranava gli occhioni. Certo, era la prima volta che metteva piede in un luogo simile. Mario l'aveva tirata a pomice per l'occasione. Oh, non si era rovinato, il mezzano. Non ancora. Non prima di essere certo di poter incassare. L'abito nero che inguainava il corpo della sua seconda donna non aveva l'impronta di Christian Dior. No, non c'era pericolo che gli avventurieri della moda ne copiassero il modello. Però faceva la sua porca figura. A vent'anni, vero...?

Gli avventori s'inzuppavano di champagne come se piovesse. Ce n'erano di tutti i generi: gente della malavita, industriali, e persino una tavolata di contadini. Questi ultimi non stavano indietro in quanto a bere. Mandavano giù tutto d'un fiato come se fossero al paese a tettare dalle botti di sidro. Avevano il viso rossastro e gli occhi lucidi. Gli abiti usmavano un tantino di stalla ma le *entraîneuses* non si lasciavano fermare da considerazioni simili. Ce ne fossero! Quei bifolchi avevano certi portafogli gonfi come palloni! Al banco, due donnine appollaiate sugli sgabelli alti si lasciavano pizzicare da un paio di rimbecilliti. Una di loro gettò un'occhiata verso una pattuglia di sbirri che aveva sollevato la tenda azzurra dell'entrata e mormorò alla compagna:

"Non voltarti, Lily. La Buoncostume..."

E per impedire agli astanti di capire, aggiunse in linguaggio convenzionale, rovesciando le sillabe:

"Che cosa vengono a terefo i liange dicusto a quest'ora? Basta che non fanno una tatare. Sarebbe il molco: non ho ancora dagnatogua neanche un dolso!"

Il merlo che la stava pomiciando la guardò sbalordito.

"Cosa stai dicendo, pupa? Ma che razza di lingua!"

La tipa, aureolata da una criniera rossa, sbottò a ridere davanti a quella faccia sbigottita. Gli diede un buffetto sulla guancia e gridò al barista:

"Ray! Un'altra bella bottiglia in ghiaccio! La ordina questo signore".

Al merlo piaceva stare con la donna ma non gli garbava tanto di vedersi alleggerire il portafoglio. Alzò timidamente una mano.

"Vediamo, tesoro", nicchiò. "Non abbiamo ancora vuotato questa..."

Le odalische, che avevano una percentuale sulle bottiglie vendute, si mostrarono offese. Il che non impedì alla rossa di insinuare:

"Come? Un bel ragazzo come te! Così tirchio! Non l'avrei mai creduto!"

Il tizio, che somigliava a Frankenstein come un fratello, gorgogliò per il complimento.

"E va bene", cedette. Poi, rivolto al barista: "Può mettere in ghiaccio la bottiglia".

Il barista si strinse discretamente nelle spalle. Era pronta già da un pezzo, la bottiglia...

Con un colpo d'occhio esperto, il capo della Buoncostume scrutò i tavoli alla ricerca di qualcuno da mettere dentro. Nessuno. Neanche un misero contravventore al foglio di via che conoscesse. Assunse un'aria superiore, ringraziò il gestore che gli offriva un cicchetto e scomparve seguito dagli altri sbirri. Si fermò sotto la tettoia del Rêve Bleu accanto a un portiere gallonato, diede un'occhiata alla strada dove le insegne al neon dei locali notturni riflettevano un arcobaleno, poi, tra i denti, domandò:

"Dunque, Mimile, niente di nuovo?"

"Niente di nuovo per ora, capo", mormorò l'altro, fingendo d'ignorarlo.

"Neppure coca?"

"No, capo. Non più, adesso. I rivenditori se la sono filata da quando avete pizzicato la banda dei corsi. Non si vedono più, da queste parti."

"Bene. Arrivederci. Se c'è qualcosa di nuovo, eh..."

Nell'interno tutte le luci s'erano spente. Solo un riflettore illuminava il palcoscenico. Una tizia stava vicino al microfono. Bella ragazza. Tipo Ida. Più in grande, però. Sul costume, che la lasciava mezza nuda, scintillavano migliaia di *paillettes*. C'era da scervellarsi, per capire come aveva fatto a infilarcisi dentro. Meglio non tentare. Si rischiava una meningite. A ogni mossettina le *paillettes* strizzavano l'occhio agli spettatori. Bastava guardarla e i maschi andavano in calore. Cantava. Aveva una voce roca, un po' smagata, eccitante.

Al tavolo dell'Italiano, Cesare, l'amico milanese, se la mangiava con gli occhi. Seguendo l'esempio di Mario, anche lui si era agghindato come un damerino: un abito da grande sartoria, scarpe di coccodrillo, che dovevano essergli costate un occhio. Era un ometto sottile, bruno di pelle e di capelli: un tipo nervoso. Sollevò la coppa verso la cantante e, prima di vuotarla, le sorrise. Dal palcoscenico la ragazza rispose con un lampo degli occhi.

Mentre tornava la luce in sala, tra gli applausi, Cesare si sporse verso Mario e parlò in italiano.

Mario chiamò con un dito il *maître d'hôtel.*

"Léon, duemila per te se riesci a convincere la cantante a venire qui a bere qualcosa con noi", disse. "D'accordo?"

Il tirapiedi si piegò in due portando sull'orizzontale la coda di rondine.

"Tenterò senz'altro, signor Mario", bisbigliò. "Però devo avvertirvi che è insieme a uno dei fratelli Sora."

"E con ciò?" replicò Mario. "Che ce ne frega a noi? Il mio amico ha intenzione di prenderla per contanti. Niente altro. Che cosa credevi?"

Dieci minuti dopo, la sciantosa era lì. Alle *paillettes* aveva sostituito un abito di raso nero altrettanto aderente. Un tipo d'abito che avrebbe fatto saltar fuori dal confessionale un curato.

Da perfetto uomo di mondo, Mario si alzò e fece le presentazioni.

"Il signor Cesare", disse, indicando l'amico. "Dovete scusarlo, non parla francese. Questa è Ida, mia moglie, e la sua amica Gaby."

Le tre donne si scambiarono sorrisi di circostanza. La sciantosa si adagiò sulla sedia imbottita. Il piccolo Cesare le porse premuroso una coppa. Lei tese il braccio. Per un soffio un seno non le schizzò fuori dalla scollatura. Il piccolo italiano inghiottì saliva.

"Maestro", vociò, rivolto all'orchestra.

Il violinista s'avvicinò con lo strumento sotto il braccio.

"Il signore desidera?" chiese con un sorriso mercenario all'angolo delle labbra.

Cesare interrogò la sciantosa con lo sguardo. "*La Vie en Rose*", sussurrò questa.

Con uno scatto, il direttore d'orchestra si portò al mento lo Stradivari fasullo e prese a grattarlo con l'altro arnese. Sotto il tavolo, i coccodrilli di Cesare sfiorarono le scarpe di vernice della donna in raso nero. Yvonne, alla quale lo champagne mandava insieme le idee, gli lanciò uno sguardo intenerito. Che sentimentale, quella ragazza!

Ida, con una gomitata, la richiamò all'ordine.

"Non badare a loro. Butta un occhio verso il tavolo dei bifolchi, piuttosto. Ce n'è uno che ti fa la faccia da pesce, non vedi? Datti un po' di tono, piccola."

Il maestro, terminato il numero, aspettava, sull'attenti. Cesare, anche se non masticava il francese, conosceva gli usi. Con discrezione, gli allungò un cinquemila. Alla vista del bigliettone, gli occhi della cantante si inumidirono. E il suo ginocchio strusciò contro quello di Cesare.

Mario li guardò di sottecchi per un istante, poi lanciò brutalmente in mezzo alla tavola:

"Quanto prendi per la nottata?"

Non era un pivellino, lui.

La cantante fece per impennarsi. Ma poi buttò lì, piatto: "Venti sacchi".

"D'accordo", fece Mario.

Si sporse verso l'amico e gli bisbigliò qualcosa nell'orecchio. Le palpebre del piccolo italiano si abbassarono in segno d'assenso. Si alzò, fece un segno alla cantante e se la rimorchiò.

Ida li guardò allontanarsi, poi si rivolse al suo uomo:

"La ragazza, Yvonne, ha un'occasione... Con quello zappaterra, là in fondo... Che ne dici?"

Mario rispose alla fiamma dell'accendino da diciotto carati: "Perché aspettare?... Bisogna pure che debutti... Mandacela..." E aspirò la Lucky.

Ida, con un'aria da istitutrice, diede le ultime raccomandazioni alla nuova: "Fatti pagare appena entrati in camera. Piantati bene in testa che gli uomini sono generosi prima, ma, dopo, sono duri a sganciare. Capito?"

"Per chi mi prendi?" replicò Yvonne. "Non è difficile."

Ida scrollò le spalle superbe.

"Lo dici tu! Ora va' pure. Diritta ai gabinetti. E non dimenticare di camminare come ti ho insegnato. Passando davanti al tizio, sorridi. Appena, appena."

"Ma non sarò capace di parlargli", si smarrì la ragazza, rendendosi improvvisamente conto della situazione. "Non oserei mai..."

Ida sospirò.

"Che oca che sei, figlia. Non hai bisogno di parlargli. Ti seguirà fino ai gabinetti. Sarà lui ad abbordarti. Sei scema?"

Come c'era da aspettarsi, il merlo cadde nella rete. Di ritorno, la ragazza sembrava aver vinto chissà che premio. Scoppiava d'orgoglio.

"Ci siamo. Ho un appuntamento fra poco. Però vuole che venga anche tu, per fare compagnia a uno dei suoi colleghi. Gli ho detto che Mario è nostro cugino."

"Non c'è male", si congratulò quest'ultimo alzandosi.

Tirò fuori una manciata di banconote per saldare il conto, si chinò cerimoniosamente sulla mano delle signore e, pieno di dignità, andò al guardaroba a prendersi il soprabito.

Ce n'erano due, di zappaterra, al tavolo. Con gesto da conquistatori, si aggiustavano la cravatta a farfalla. Ci credevano, i merli...

Il piccolo Cesare si fermò, fremendo d'impazienza, sulla porta della stanza dove la sciantosa l'aveva condotto. Grazioso, quel buco, proprio una cabina di transatlantico. Oblò dappertutto. Alcuni pesci bighellonavano in un acquario verde chiaro. Sulle pareti, donnine con le tette all'aria. In tutti gli angoli, lampade invisibili soffondevano d'una luce tenue le tappezzerie che dovevano averne viste delle belle. E, in fondo alla stanza, un'alcova larga e bassa, che invitava ai ludi d'amore.

Il piccolo italiano si voltò a guardare la cameriera. Strano abbigliamento, quello, per una donna di servizio. Aveva certi affari di pizzo sulla testa e altri ancora intorno alla vita. Un paio di scarpe nere a tacchi alti mettevano in valore la linea delle graziose gambette inguainate in finissima seta, pure nera. Un bel bocconcino! Cesare le allungò una banconota e varcò la soglia.

"Viviana", disse.

Il nome... Non sapeva altro della ragazza.

L'aveva letto sotto una fotografia uscendo dal Rêve Bleu.

"Sì, signore", fece lei. Si credeva interessante, parlandogli in italiano.

"Sciampagna?" propose Cesare, con un largo sorriso.

"Sì, signore", ripeté lei. Con gesto autoritario, richiamò la cameriera e passò l'ordinazione.

La ragazza riapparve poco dopo, portando fra le braccia un secchiello in cui giaceva una bottiglia di Krug circondata da icebergs. Lo posò su un tavolo di marmo, fece una riverenza che mise in risalto le rotondità posteriori e si eclissò.

Cesare gettò gli occhi sulla Viviana. I denti gli scintillarono in un largo sorriso. Santa Madonna! Gli andava a genio quella ragazza. Che forme! Le si avvicinò, la prese per la vita con le braccia nervose e fece per leccarle il muso. Lei lo respinse dolcemente, lo guardò in modo strano...

Lui capì al volo l'antifona. Non era mica scemo, Cesare. Trasse da tasca un pacchetto di lasciapassare e le allungò venti sacchi. Al fruscio di quei lenzuoli, il volto della sciantosa s'illuminò. Non sembrava che ci sputasse, sul denaro, la stella del Rêve Bleu! Compiute queste formalità, Cesare l'attirò verso di sé e le diede un bacio penetrante sulla bocca. Questa volta la piccina si lasciò fare; e poi, strizzando l'occhio con aria sbarazzina, gli indicò la stanza da bagno. Lui la guardò mentre si liberava di quanto aveva addosso. Com'era ben messa, la Viviana! La Venere di Milo? Una racchiona, al confronto.

Appena sistemata sul letto ampio, lui la raggiunse. S'era spogliato in un amen. Gli indumenti, sparsi un po' dappertutto, denunciavano la fretta. Quando la prese, fu una rivelazione...

Un'ora dopo, quando spensero le luci, se la strinse contro, le si accoccolò sul seno e si appisolò. Com'era fragrante, la Viviana...

4

Verso la stessa ora, Tony spingeva la porta del Cimeterre d'Or, a cento metri dal Rêve Bleu. Era solo. Non si sa mai... Perché invischiare lo Svedese in un affare di donne? Non l'aveva messo al corrente della sua decisione. Meglio così. Specialmente per quello che aveva saputo: Mado, la sua donna d'un tempo, s'era messa con Pierre Sora. Un duro, a suo modo.

Questi algerini! Credevano che a loro tutto fosse lecito. Arraffavano le donne senza neanche cercare di sapere se appartenevano ad altri. Non si chiedevano neppure se c'era un riscatto da versare a qualcuno. I nordafricani che vivevano a Parigi prima della guerra, quelli sì che rispettavano il codice. Ma i nuovi arrivati...

Dalla Charbonne, s'erano allargati come una macchia d'olio. Nel Barbès, per cominciare. Poi, senza dare nell'occhio, si erano fatti strada: i quartieri di Anvers, Pigalle, Blanche, Clichy. E ora, a Montmartre, dove s'impossessavano della maggior parte dei locali notturni, dei bar, degli alberghi. I corsi, che erano stati i padroni assoluti del settore, avevano quasi ceduto la mano. Incredibile. E ora i caffellatte osavano spingersi fino all'Opéra, ai Champs-Elysées. Dove si sarebbero fermati? Cocciuti, i tipi. Si facevano avanti con una faccia tosta da commissario. Non c'era più nessuno dei fegatosi d'anteguerra a frenare la loro marcia. Vero è che la maggior parte dei duri di quel tempo s'erano compromessi con i tedeschi. Oppure si nascondevano alla polizia o erano crepati. Gli altri, con gli anni e la grana, si erano ritirati dalla circolazione.

Mado era là, a un tavolo. Stava spingendo un cliente a consumare. Sussultò, scorgendo il Lionese. Poi divenne livida. Si sentì torcere le budella. Lui? Qui? In una delle tane dei Sora? Solo Tony era capace di audacie simili. Suo malgrado, dopo tanti anni, Mado si sentiva intenerire. Provava quasi compassione. Com'era cambiato. Aveva i capelli grigi alle tempie. Sembrava malconcio. E quel vestito scuro accentuava il suo pallore. Non s'era tolto il cappello dalla tesa abbassata sugli occhi, né il soprabito dal bavero freddolosamente rialzato. Teneva le mani sprofondate nelle tasche. Aveva gli occhi lustri. Senza badare a nessuno, senza fretta, andò verso Mado. Terrorizzata, lei cercò con lo sguardo uno dei tre Sora. Non c'era nessuno.

Tony si fermò al tavolo.

"Tu, giovanotto, levati dai piedi", ordinò al tipo che lo guardava sbalordito.

"Ma, signore..." protestò l'altro che aveva in capo un ridicolo berretto di carta.

"Fa' come ti dice, tesoro", supplicò Mado.

Il tizio si alzò, titubante. Per salvare la propria dignità di maschio, abbozzò un gesto di ribellione. Poi, davanti a quegli occhi d'acciaio puntati su di lui, cambiò parere e tirò fuori il denaro.

"Cameriere!"

"Lascia", lo fermò Tony. "Faccio io."

L'individuo, sconcertato, spalancò due immense finestre. Mai si sarebbe aspettato un gesto simile. Batté i tacchi per salutare e per poco non finì a terra. Poi fece dietro front e raggiunse il bar.

“Allora, Mado!” cominciò Tony, lentamente, mettendosi a sedere. “Sei tornata?”

I loro sguardi s’incrociarono. La ragazza abbassò gli occhi.

“Sì”, tentò di dire. “Credevo...”

“Che fossi crepato! Ti sei sbagliata, piccina. Bisogna pagare, adesso. Su, in marcia.”

E a uno dei camerieri che s’avvicinava di corsa:

“Lo so! Non si può tenere il cappello in testa. Va bene... Non t’affannare, vecchio, e fammi il conto. Svelto”.

Senza guardare la nota, buttò sul tavolo quindici bigliettoni. Mado cercò aiuto con lo sguardo, intorno a sé. Tony, con voce ironica, soave, domandò:

“Non c’è il tuo ganzo? Peccato, vero? E neanche i suoi scagnozzi? Che disdetta...”

Lei gli rivolse uno sguardo supplichevole ma si trovò di fronte due occhi indecifrabili. Gelidi. Privi di espressione, come palline di vetro.

Alzando leggermente la mano destra affondata in una tasca del soprabito, lui la avvertì senza muovere le labbra:

“Se non vieni...”

Ci mancò poco che, come il Nizzardo due giorni prima, anche lei non mollasse. Forse aveva più fegato. Si alzò e Tony la seguì da vicino fino al guardaroba. Lei stava porgendo lo scontrino per ritirare il suo astrakan, quando un tipo, scuro di pelle, con la fronte tatuata, le si avvicinò.

“Che cosa succede, Mado? Chi è questo tizio?”

Lei non rispose. Non aveva più la forza di spiccicare una parola. Le sue labbra bianche parevano incollate.

Il tipo in smoking si rivolse a Tony.

“Sono il gestore del locale, signore! Potrei sapere...”

"Non c'è niente da sapere. O forse sì", aggiunse Tony, scrutando l'altro con gli occhi freddi. "Dirai ai tuoi padroni che Tony è venuto a riprendersi la sua donna. Te ne ricorderai? Tony... Tony il Lionese."

Il gestore era troppo giovane per aver conosciuto Tony, ma doveva averne sentito parlare, poiché, con moto istintivo, si fece da parte.

Un leggero sorriso rialzò gli angoli della bocca al Lionese.

Fuori dal Cimeterre d'Or, Tony lanciò un fischio verso una fila di taxi. La macchina di testa si mosse e venne a fermarsi davanti a loro.

"Oh, guarda", esclamò l'autista. "Il signor Tony! È un pezzo che non ci si vedeva."

Il Lionese squadrò l'uomo, lo riconobbe e sorrise.

"Allora, nonnino, sempre sulla breccia? Non abbiamo ancora chiuso?"

"Eh, no!" rise il vecchio, grattandosi la zazzera bianca. "È piuttosto dura, la vita, adesso. Non c'è mezzo di mettere da parte qualcosa per la vecchiaia. Dove la porto, signor Tony? A Les Halles?"

Il Lionese scosse il capo, diede il suo indirizzo e aprì lo sportello. Aiutò Mado a salire e s'introdusse nella G-7. Gli faceva piacere che il vecchio lo avesse riconosciuto: era una prova che qualcuno si ricordava ancora di lui. Vero è che i tassisti erano tutta un'altra cosa. L'avevano tanto scarrozzato, prima... Il vecchio ricordava persino che aveva l'abitudine di finire le nottate a Les Halles. Ed erano ormai più di cinque anni che non lo prendeva su.

Le parole dell'autista avevano riportato Mado ai bei tempi passati. Era stata felice, col suo Tony. Più di qualsiasi altra donna dell'ambiente. In quel tempo lei si dava da fare, sì, ma spontaneamente. Tony non l'aveva mai forzata ad andare a caccia di merli. Non era un magnaccia, lui. Del denaro delle donne se ne faceva un baffo. Non aveva mai contato su di loro per campare. Si considerava abbastanza dritto per farsi la grana da solo. E c'era sempre riuscito, fino al giorno...

Raggomitolata sul sedile, Mado gli gettò una rapida occhiata. Non poteva dirsi fiera di sé. Certo no! Non ne aveva il motivo. Aveva lasciato perdere il suo uomo appena l'avevano pizzicato. E in modo sconcio. Poi, mentre lui era dentro, non l'aveva assistito e non aveva pagato le parcelle dell'avvocato. Qualche giorno dopo l'arresto di Tony, s'era messa insieme a un giovane imbecille, molto decorativo ma con un vuoto pneumatico nella zucca. Non era durato a lungo, però, quel dongiovanni. L'avevano trovato, con un intero caricatore nel ventre, davanti al Jockey di Montparnasse. Mado ci aveva riconosciuto la mano dello Svedese e aveva tagliato la corda, rifugiandosi in Spagna. Non le garbava finire nel numero dei più. E, ostinandosi a rimanere a Parigi ci sarebbe senz'altro finita, con quello Svedese, amico intimo di Tony.

Pierre Sora, però, l'aveva costretta a tornare nella capitale. Sei mesi prima, l'aveva prelevata a Tangeri e, dopo averle gonfiato la testa, l'aveva ricondotta a Parigi. Erano appena dieci giorni che Mado aveva ripreso a lavorare. Non le restava in tasca molto col suo nuovo protettore. Per quel che si può ricavare dagli algerini, a parte qualche schiaffone.

Tony l'aiutò a uscire dalla macchina, diede all'autista una mancia da re e trascinò Mado verso un palazzo nuovo.

Un ascensore li portò al terzo piano. Tony aprì la porta e lasciò il passo a Mado. Lei istintivamente fece per tirarsi indietro. Il Lionese, con una manata, la costrinse a trottare fino alla porta dello studio. Poi accese la luce, richiuse l'uscio, e spinse la ragazza nella grande stanza ammobiliata elegantemente, verso una poltrona.

"Siediti!"

Lei ubbidì. Tony si avvicinò alla gabbia dei suoi canarini per ricoprirla con un panno. Poi si tolse cappello e soprabito e li gettò sul divano.

"Avanti, dunque! Ti ascolto", disse.

Con lo sguardo, la inchiodava alla poltrona.

"Ne hai di cose da dirmi, vero?"

Lei chinò il capo.

"Be', Tony... Lo sai, ho..."

L'uomo accese una sigaretta, tossì, sputò nel fazzoletto. Mado scorse la chiazza di sangue che subito macchiò il tessuto. Si sentì venir meno. Alzò le braccia come per proteggersi. Ma, sotto lo sguardo del Lionese, si fermò.

"Ebbene?" osservò Tony. "Hai un'amnesia? Adesso ti rinfresco io la memoria. Non hai potuto aspettare neanche la sentenza per piantarmi, eh? E non ero nemmeno ricorso in appello. Potevo buscarmi meno di cinque anni, ritornare più presto. Ma alla signora prudeva il sedere. E il primo stronzetto che le è capitato sottomano se l'è tirato dietro... Che schifo!"

Schiacciò la sigaretta in un piattino e riprese, senza alterarsi:

"Ma non è questo, il peggio. Quel che conta è che te la sei squagliata con i miei quattrini e che ti sei venduta il mio appartamento. Il peggio è che ti sei pappata tutto col tuo ganzo, e lui credeva di essere ormai sistemato. Hai approfittato del fatto che, in quel tempo, lo Svedese doveva nascondersi, che non poteva mettere il naso fuori. Per fortuna..."

Tony si avvicinò al mobile bar e si preparò un liquore. Non ne offrì alla donna. Col bicchiere in mano, le si piantò davanti, senza parlare. La guardò per qualche secondo, poi disse:

"Cavati quell'anello. Mettilo sul tavolo".

Mado trasalì. Invano incrociò lo sguardo con quello del suo uomo d'un tempo.

"Ragiona, Tony... Se Pierre Sora se ne accorge..."

"Taci e fa' quel che ti dico."

Mado, con un sospiro che non finiva più, si sfilò dal dito un brillante azzurro di quattro carati. Autentico. Nel cavo della mano stringeva un capitale.

"Dunque?" fece Tony.

Lei allungò il braccio. Il diamante rotolò sul tavolo.

"Ora il bracciale."

Istintivamente la donna cercò di nascondere il gioiello sotto la manica dell'astrakan.

"Il bracciale, ho detto."

L'oggetto d'oro, che aveva il suo bel peso, andò a far compagnia al diamante.

"La croce", proseguì Tony, spietato.

Di scatto, la donna si rizzò. Con le mani strinse, come per proteggerlo, il gioiello di platino tempestato di brillanti.

Il Lionese la colpì in pieno con un manrovescio. Lei cadde sulla poltrona, livida d'odio.

"La croce!" ringhiò lui.

Mado diede uno strattone nervoso alla catenina che si spezzò. Con un moto di rabbia la buttò sulla tavola.

Tony mandò giù un sorso di liquore.

"Adesso la pelliccia."

Questa volta lei non reagì. Si tolse il mantello e se lo lasciò cadere dietro la schiena...

Mascalzone! pensava. *Aspetta che i Sora ti mettano le zampe addosso. Vedrai cosa ti faranno assaggiare!* Lui dovette leggerle nel pensiero.

"E non dimenticarti di informare il tuo ganzo che sono stato io a sbarazzarti dei finimenti", sghignazzò. "Non dimenticartene. E, giacché ci sei, ricordati di dire ai tuoi amici caffellatte che me ne fotto di loro. Te ne ricorderai, vero?"

E, senza che lei se l'aspettasse, le scagliò in pieno viso bicchiere e contenuto. Mado non fece in tempo a ripararsi. Gli si scagliò addosso con le unghie pronte ma fu bloccata da un destro al mento. Crollò a terra urlando. Con un colpo di tacco sulle dita, lui la fece tacere.

Rimase lì, ansante, distesa sul tappeto. L'alcool le colava sul vestito dalla balza pieghettata. Il bicchiere le aveva tagliato una guancia e la ferita sanguinava. Il Lionese le diede il tempo di riprendersi. Si rialzò domata. Tony, ecco il tipo d'uomo che le piaceva. Gli diede un lungo sguardo di sottecchi, in cui s'indovinava il rispetto per la forza. Poi gli si avvicinò con mossa sinuosa e mormorò con dolcezza:

"Tony, se tu volessi..."

Lui sbottò in una risata che la fece arrossire fino alle orecchie.

"Davvero!"

Continuava a ridere a gola spiegata.

"Non vedi che faccia hai? Carne per gli algerini, ecco che cosa sei diventata. E forse neanche..."

Lo sguardo d'ammirazione scomparve. Un odio mortale le lampeggiò negli occhi.

"Porco! Aspetta che Pierre Sora lo sappia. Poi vedrai..."

Lo strano sguardo dell'uomo le troncò le parole in bocca, più di una mazzata tra capo e collo.

"Tony", balbettò smarrita. "Tony... torna in te... A che cosa pensi..?"

Il Lionese continuava a fissarla intensamente. Infine, con voce cupa, ordinò:

"Spogliati".

Lei si meravigliò.

"Oh, Tony! Davvero vuoi? Oh, Tony!"

In un attimo fece scorrere la chiusura lampo. Il vestito le si afflosciò ai piedi.

Il Lionese si tolse la giacca e si slacciò la cintura di coccodrillo.

La donna gli andò incontro con le braccia tese, offrendosi. Contrariamente a quello che Tony aveva detto, era ancora un bel pezzo di figliola. Un affarino di pizzo nero le velava il seno. Appena appena. Un altro affarino dello stesso genere le aderiva alle natiche. Non nascondeva gran che, neppure quello. Le calze nere, però, erano più pudiche; arrivavano in alto, sulle cosce bianche come il latte. Le tenevano ferme due giarrettiere rosa.

Mado gettò a Tony uno sguardo da far perdere il senno a un collegiale. Intanto arzigogolava. *In fondo, sono fortunata se ancora mi desidera dopo quello che gli ho fatto. Accidenti, se sono fortunata! Com'è cambiato, però. Una volta...*

Gli si avvicinò con un'andatura che sapeva fuori concorso.

"Tony mio", sussurrava con fare civettuolo. "Ti ritrovo finalmente."

La cinghia di coccodrillo sibilò in aria e ricadde segnandole il viso. Lei urlò. Già il secondo colpo le aveva avvinghiato le spalle, bruciandole la punta del seno destro. Tony, repentinamente, ritirò la cinghia: l'affarino di pizzo volò per la stanza. Le urla di Mado erano impressionanti. Con le mani dalle unghie laccate tentò di proteggersi il viso. Ma non servì a nulla. Il nastro di cuoio le frugò il ventre. Le mani corsero lì. Una staffilata le giunse sul viso. Rialzò le braccia. Il cuoio le addentò le anche. Ogni colpo andava a segno. Quando la donna crollò sulla poltrona, il Lionese non s'ammansì. Continuava a vendicarsi. Lei non urlava più. Non ne aveva più la forza. Era quasi nel mondo delle nuvole, ormai. E non aveva più niente sulla pelle. I suoi stracci erano andati ai quattro venti. Le calze le pendevano a brandelli sui piedi. Sotto i colpi, la pelle si crepava qua e là, pisciando sangue.

Il Lionese non mollava. Da dove gli veniva quell'energia? Il sudore gli imperlava il volto da tisico.

Di colpo, come reciso, il capo della donna rotolò sul bracciolo della poltrona.

Tony si asciugò la fronte. Ansimava... Si chinò su quella pelle nuda, sanguinante, e appoggiò l'orecchio sul seno tumefatto. Poi si rialzò, scosse le spalle, e si infilò di nuovo la cintura.

Dopo aver acceso una sigaretta, andò in cucina e vi rimase per qualche minuto. Quando tornò, la donna non s'era ancora mossa. Tony la guardò e, ferocemente, le applicò un ferro da stiro sul petto. Non un lamento. Pigiò un po' più forte: un odore di carne bruciata invase la stanza. Come colpita da una scarica elettrica, Mado diede un balzo. Non capì subito. Poi, dal dolore, si rese conto di quanto accadeva. Si portò una mano al seno bruciacchiato e gemette:

"Tony... Oh, Tony... Che cosa hai fatto?"

Il ferro le aveva lasciato sulla pelle un'impronta scura come sull'asse da stiro. Era segnata, Mado. E come si deve. Il duro le gettò i vestiti in faccia, andò alla porta, l'aprì, accese la luce sulle scale.

"Fila via, ora."

“Tony... Non così... Non mi tengo in piedi.”

“Sparisci”, urlò lui dall’ingresso.

Col corpo in fiamme, le reni spezzate, la donna si infilò il vestito e arrotolò alle caviglie i resti delle calze. Tony, bruscamente, l’afferrò per il braccio e la scaraventò sul pianerottolo. La donna ruzzolò fino all’orlo del primo scalino. Si fermò in tempo e si mise a quattro zampe. Scossa dai singhiozzi, coi capelli che le coprivano il viso, fu di nuovo in piedi, barcollando come un’ubriaca. Cominciò a scendere. Di colpo, una massa scura le passò rasente al cranio e le cadde davanti: era l’astrakan. Lei si voltò verso Tony. Un oggetto solido la colpì in fronte: il bracciale. Un altro oggetto rotolò sugli scalini: l’anello. Lei si chinò. Qualcosa urtò violentemente contro il muro: la croce.

Il Lionese, con un calcio, richiuse l’uscio.

5

Le tre di notte.

Piovigginava fin dal giorno prima. Le gocce scivolavano sulle mantelline impermeabili delle guardie cicliste, sciacquavano il parabrezza di qualche taxi carico di clienti, rimbalzavano sul lastrico.

Attaccati al volante, i tassisti avevano fifa. Diffidavano dei passeggeri. Due o tre volte al mese qualcuno di loro veniva aggredito da giovani teppisti sbandati. Teppisti? Forse neanche. Erano ragazzi sviati, fuggiti di casa, che massacravano un tizio per prendergli il borsellino e fregargli due o tre sacchi. Begli arnesi, insomma. Giovani pazzoidi, destinati, se presi, alla ghigliottina o all'ergastolo.

Una macchina a luci spente era nascosta in fondo a un vicolo. Sull'ampio corso circolava un'altra macchina con l'antenna tutta fuori. Dentro ci stavano cinque figuri: cappello floscio, abiti in serie, occhi attenti, armi a portata di mano: i bracchi d'una squadra di polizia territoriale.

Uno di loro diede uno sguardo a un palazzo signorile col pianoterra cinto di ferraglia: la gioielleria Barier. La baracca gli parve tranquilla. Nessuna luce. Gli inquilini, crassi borghesi, stavano certamente dormendo. La tozza facciata, dietro la quale c'era il gioiellame dei fratelli Barier, sembrava inattaccabile a qualsiasi tentativo di scasso. Il suo aspetto arcigno toglieva ogni apprensione ai poliziotti. D'altro canto, un allarme elettrico collegava la bottega col commissariato più vicino. Era inviolabile, questa rocca dei gioielli. Lo sbirro distolse lo sguardo. La macchina proseguì.

Nell'appartamento lussuoso, proprio sopra il negozio Barier, lo Svedese, in ginocchio al centro della sala da pranzo, si dava da fare. La banda lo guardava senza aprire bocca. Che serviva parlare? Una coperta oscurava il finestrone che dava sul corso. Era stata tolta dal letto dei locatari, in villeggiatura sulla Costa Azzurra.

Col dorso della manica, lo Svedese si asciugò il sudore che gli imperlava la fronte. Poi si rimise al lavoro. Sollevò col piede di porco le tavole del pavimento lucido come uno specchio. Cedettero con uno scricchiolio. Gettò i pezzi su un tappeto soffice e attaccò, con mazza e punzone, la parte in muratura. Non aveva fatto economia, l'imprenditore. Era ben solido, il suo materiale. Ma lo Svedese era abbastanza forte per venirne a capo senza troppo baccano. L'acciaio della mazza, avvolto in una pesante calza di lana, conficcava con precisione l'utensile che il giovane teneva fermo con la sinistra coperta da un guanto di pelle morbida.

"Ssst, Jo", sibilò improvvisamente Tony che stava vicino alla finestra. "Fermati..."

Lo Svedese volse il capo verso l'amico. La mazza rimase immobile, a mezz'aria. Con gli occhi azzurrochiari sotto le sopracciglia bionde, gli rivolse una muta domanda.

Tony stava lì, con la mano destra alzata, l'orecchio teso. Il braccio destro gli pendeva lungo il corpo. Nel pugno contratto, stringeva la P 38 prelevata al Bordolese.

Una sirena della Volante miagolò... Il sibilo aumentò di volume... Il rombo di un motore, lo stridio delle gomme... Il rumore si allontanò. Qualche grana a Montmartre, forse...

Lo Svedese tornò alla sua fatica. Con pazienza, con cura. E i minuti passavano...

La stanza si riempiva di fumo. Da una cornice dorata, su un tavolino, una matrona cicciosa assisteva allo smantellamento della sua sala da pranzo. Una polvere finissima di cemento e di gesso ricopriva l'abito blu d'ottimo taglio dello Svedese. Per un pelo questi riuscì a trattenere il lungo punzone che stava per scivolare nel vuoto. Lo tolse e si chinò: una folata d'aria gli accarezzò il viso abbronzato. Sorrise, diede di nuovo mano agli arnesi e allargò il foro a colpi leggeri, quasi silenziosi. Dopo qualche minuto, mise da parte i ferri.

"Ombrello", mormorò.

Mario distese le gambe accavallate, si alzò dalla poltrona da cui aveva seguito le operazioni e gli portò l'oggetto richiesto.

Lo Svedese introdusse nel foro l'ombrello chiuso, lasciando fuori solo il manico ricurvo, che legò saldamente a una sbarra trasversale appoggiata al pavimento. Premette la molla col pollice e l'ombrello si aprì nel locale sottostante.

Chissà che faccia avrebbero fatto i Barier se, entrando nel negozio, avessero visto quel fungo attaccato al soffitto!

Jo si rimise all'opera. Ora batteva più forte sul punzone. I calcinacci cadevano, senza rumore, nel cavo dell'ombrello. Non c'era più pericolo che andassero a fracassare le vetrine dei mercanti d'oro.

Un lavoro pulito, silenzioso. Un lavoro d'orafo.

Col mento, Mario fece un cenno al piccolo Cesare. Questi s'avvicinò, pieno di dignità, col soprabito abbottonato, il cappello inclinato sull'orecchio, i guanti nuovi di zecca. Dove credeva di essere il piccoletto? A una festa da ballo? Diede uno sguardo a Jo, poi parlò in italiano a Mario che, dopo avergli risposto nella stessa lingua, si rivolse allo Svedese.

"Lascia andare, Jo", gli disse. "Va bene. Possiamo scendere."

Con molta precauzione, lo Svedese tirò su, a uno a uno, i calcinacci e li ammucchiò accanto a sé. Sciolse la cordicella che teneva fermo il manico, e tirò su l'ombrello dopo averlo richiuso. Il buco era ormai abbastanza largo da permettere ai due italiani, magri com'erano, di passarci attraverso. Tony ricacciò l'arma nella tasca del soprabito, prese il rotolo di corda al suo fianco e lo portò agli artisti.

I due italiani si erano spogliati, rimanendo in pantaloni, guanti e maglia. Non erano più figurini di moda. Si vedeva che si trovavano nel loro elemento.

Lo Svedese attaccò un capo della corda alla sbarra, messa di traverso, e fece scorrere l'altro capo oltre l'apertura.

Cesare scese con agilità. In tasca aveva una pila elettrica e un paio di pinze con i manici gommati. I suoi tre amici, chini sul buco, restarono immobili, col volto contratto e i nervi tesi. Un movimento falso di Cesare ed erano fregati. Udirono sotto di loro qualche passo appena percettibile, qualche rumore secco, subito soffocato. Poi la corda s'agitò. Un mormorio salì fino ai loro visi, sull'orlo del buco: "Va bene!" I tre volti si distesero. Dalle labbra uscì un sospiro di sollievo.

A sua volta Mario si lasciò scivolare lungo la corda che Jo ritirò per attaccarvi una grossa valigia. Il tutto venne rimandato ai due italiani.

Neanche Tony rimase con le mani in mano. Aprì un'altra valigia, ne trasse un lungo filo elettrico, e lo srotolò. Ne introdusse un capo in una presa di corrente e fece scorrere, il resto fino al pianoterra. Poi, insieme a Jo, si mise ad aspettare, sul bordo del buco.

Il ronzio ovattato, quasi impercettibile, d'un trapanino elettrico giungeva fino a loro. La sirena di un'autoambulanza lanciò le sue note autoritarie, lontano nella notte. Tony trasse di tasca una pianta e vi si chinò sopra. Seguì col dito le indicazioni del compare che gli aveva prospettato il colpo.

"Dovremmo riuscirci, Jo", mormorò. "Sembra che Cesarino sappia il fatto suo. Hai visto che sveltezza nel tagliare i fili? E senza sbagliarsi. Un asso, quel figliolo. In un'ora ha imparato la pianta a memoria."

Tese il braccio verso il pacchetto di sigarette dell'amico.

"Che ne pensi?" chiese con tono venato di rispetto. "Ha l'aria in gamba, il ragazzo... Mi pare che Mario non ci abbia contato balle, no?"

Lo Svedese annuì. Anche lui aveva fiducia nel piccolo Cesare. Gli andava a genio, quel tipo. Era deciso, sicuro di sé. D'altronde, solo un italiano poteva far fuori una cassaforte come quella dei Barier. Ci voleva tatto. Bisognava intendersene. Ed era vero: per far saltare una cassaforte, gli italiani sono campioni. Nel mondo intero non hanno eguali, tutti lo riconoscono. E non sono chiacchiere. Sono imbattibili in questo genere di scasso. Se Jo e Tony, tramite Mario, si erano decisi a far venire uno straniero a Parigi era perché avevano bisogno di un cannone. D'un campionissimo. C'erano, sì, tre o quattro tipi capaci di portare a buon fine un colpo simile, ma non erano più in circolazione. Per forza. Al fresco, erano. E per un pezzo.

Lo Svedese guardò l'orologio che aveva al polso, un cronometro svizzero. Importato di contrabbando, naturalmente. Le quattro! Diavolo, come filava il tempo. Si mise pancia a terra e guardò nel buco. Il trapanino continuava modestamente a compiere il suo dovere. Dal punto in cui si trovava, Jo non poteva vedere i due italiani. Lavoravano sulla destra, dove tremolava una luce fioca. Jo si sporse quanto le spalle troppo larghe gli permettevano, e riuscì a scorgere i due compari. Non dormivano, gli scassinatori. No. Il piccolo Cesare, accovacciato, viso impassibile, lavorava in silenzio. Accanto a lui, Mario, con un oliatore, lubrificava la punta del trapano. Una cicca gli fumava all'angolo della bocca.

A un tratto la punta si spezzò.

"Perdio!"

Mario, svelto, aiutò Cesare a cambiare l'utensile. Senza battere ciglio, l'altro si rimise al lavoro.

I riflessi della pila elettrica illuminavano a tratti le vetrine in cui dormiva l'argenteria.

Dieci minuti dopo, il ronzio della macchina s'interruppe. Da sotto l'apertura, Mario chiese a bassa voce:

"Il cannello..."

Con un balzo Tony andò a prendere una grossa valigia in cui erano allineati, come in una mostra, una quantità di cannelli ossidrici di misura diversa. Dopo averla chiusa con cura, la portò a Jo. Questi la calò di sotto.

"La bombola, Tony, c'è?"

"Cavolo, non la senti? Non pesa abbastanza?"

Poco dopo, un sibilo ruppe il silenzio del pianterreno. Lo Svedese si sporse di nuovo. Una fiamma aguzza, blu, quasi irreale, scaturiva nella penombra dalle mani del piccolo Cesare. Non si vedeva che quella fiamma. Sembrava che leccasse l'acciaio. Poi, man mano, parve divenire più blu, più aguzza. Mordeva la cassaforte, lo si sentiva. Di tanto in tanto, il becco sputava miriadi di scintille che rimbalzavano sugli occhiali da saldatore del piccolo italiano. Non faceva una piega, il giovanotto. Lavorava a denti stretti. Un vero operaio modello. Di colpo si fermò. S'udì un *pluf*, come se si stappasse una bottiglia, poi si ristabilì il silenzio, allucinante. Mario ritornò sotto l'apertura e alzò il viso.

"Ci siamo, Jo. Avvisa Tony che..."

Uno scricchiolio gli troncò la parola in bocca. Cesare aveva finito. Il Lionese si alzò, si spolverò le ginocchia e disse:

"Hai dieci minuti, Jo. Non uno di più. La macchina sarà davanti alla porta. Ti lascio lo Sten". E scomparve nell'atrio.

Dal buco emerse per primo il viso di Mario. I capelli gli ricadevano sugli occhi che brillavano di soddisfazione. Lo Svedese lo aiutò a venir fuori.

"Ebbene?"

"Credo che il malloppo ci sia", rispose l'Italiano. "Non abbiamo fatto preferenze. Abbiamo insaccato tutto. Gli scrigni e il resto. Certo però che c'è un bel gruzzolo."

Il piccolo Cesare emerse a sua volta. Aveva gli occhi cerchiati per la tensione nervosa e le narici dilatate. La capigliatura, impiastricciata di brillantina, non gli faceva una piega. Sempre più tipo dancing, il milanese.

Con le braccia erculee, lo Svedese lo sollevò come una piuma. Un ampio sacco di cuoio pendeva, trattenuto da una cinghia, al collo dell'ometto. Questi se lo sfilò per passarlo a Jo. Il ragazzone sentì i gioielli corrergli sotto le dita. Sorrise, mise a terra il sacco e, dopo essersi infilato il soprabito, lo riprese e annodò la cinghia intorno al polso.

Nessuno fiatò più. Lo Svedese aspettò che gli altri due finissero di rivestirsi, poi fece loro cenno col capo.

Passando, prese lo Sten, fece scattare la sicura, e raggiunse gli altri. Uscirono dalla porta principale, come gente per bene. Con uno sguardo, lo Svedese perlustrò la via. Nulla. Silenzio assoluto. Infilò l'artiglieria sotto il soprabito. In quel momento, una macchina emerse dall'ombra. Al volante c'era Tony. Una frenata leggera e i tre saltarono dentro. Il Lionese premette l'acceleratore.

Poca gente, per la strada. Solo due o tre passeggiatrici, dalle parti del Boulevard Batignolles, trascinavano le scarpe stanche e le borsette vuote. Vecchi ruderi che, per farsi il cliente, sarebbero state costrette a soddisfare qualche vecchio vizioso sotto un portone. Dovevano saltarne, di pasti, i loro ganzi, se ne avevano.

Prima di inoltrarsi nella via in cui abitava Mario, Tony disse, voltandosi appena:

"Fermerò un po' più avanti. Voi salite. Non aspettatemi. Seminerò questa trappola lontano da qui. Vi raggiungerò in taxi".

Frenò, li lasciò scendere e ingranò di nuovo. Attraversò la città a tutto gas, girò intorno a Place Daumesnil, scovò un posteggio di taxi. Poi s'inoltrò con la macchina in un campo. Poco dopo, passeggiava per la piazza, fischiettando. Si fece portare a Les Halles, e prese un altro taxi che lo condusse alla stazione di Montparnasse. Un terzo taxi lo riportò a Montmartre, a due passi dalla casa di Mario. Pagò e raggiunse a piedi l'abitazione dell'Italiano.

Dovevano essere ben dritti gli sbirri, per risalire a lui partendo dalla macchina abbandonata dalle parti di Daumesnil. E poi, nulla indicava che quel macinino era servito per lo scasso del negozio Barier.

Quando Tony arrivò da Mario, gli amici lo aspettavano in salotto. In mezzo alla tavola, su una tovaglia di pizzo troneggiava il sacco. Non era ancora stato aperto. Su una sedia Duguesclin riposava lo Sten. Tutti gli sguardi convergevano sul benedetto malloppo. Pareva che i ragazzi contemplassero l'ostia.

"Avanti, Jo", disse il Lionese. "Facci vedere i sassolini."

Lo Svedese non si fece pregare. Slegò il laccio di cuoio e capovolse il sacco. Scrignetti lunghi, quadrati, piatti, corti, ovali, caddero alla rinfusa sulla tavola. Brillanti, rubini, perle rotolarono in mezzo a loro. E tutto il vetrame luccicava, brillava, scintillava alla luce della lampada. Mario aprì le scatolette, scuotendole per vuotarne il contenuto sulla tovaglia. Minchia! Ce n'era, come valore. Pendagli, collane, anelli, orecchini, braccialetti. Che splendore! Persino le grandi dame di Faubourg St. Germain si sarebbero voltate a sbirciare attraverso l'occhialino. Ne valeva la pena.

"Diavolo!" esclamò Tony. "L'informatore non ci ha contato balle. Ce n'è per duecento milioni... Al minimo."

Non aveva l'abitudine di meravigliarsi, il Lionese. Ma davanti a tutto quel ben di Dio... Mai in tutta la sua sporca vita – e ne aveva fatti di colpi, in tanti anni – mai aveva tirato a casa un bottino simile. Dopo aver pagato l'informatore e tenuto conto di quanto avrebbero potuto ottenere dal ricettatore, a ciascuno di loro dovevano toccare almeno venti bei milioncini. Dolce pensiero...

"Credo che sia meglio lasciare la merce da Mario, ragazzi", suggerì Tony. "Non è il caso di portarsela di nuovo a spasso."

Lo Svedese annuì. Il piccolo Cesare, che non aveva capito, sgranò gli occhi.

Tony sorrise, guardò Mario.

"Spiega al tuo amico che occorrono tre o quattro giorni per far fuori questi fondi di bottiglia", gli disse. "E non si faccia cattivo sangue. Se ha bisogno di palanche, allungagliele tu. Gliele tireremo poi giù, dalla sua parte."

Il Lionese tossì e scatarrò nel fazzoletto per schiarirsi la voce.

"Già che ci sei, digli che gli conviene abitare da te, durante la sua permanenza. E se si vuol levare uno sfizio con qualche pollastra, che non vada in alberghi dove si riempiono le schede. Non vorrei che gli sbirri ci vedessero una relazione col suo viaggio. Dal momento che..."

Un rumore fece volgere di scatto i quattro uomini verso la porta. Mario gettò rapidamente l'impermeabile sulle gemme. Ida era apparsa sulla soglia e sbatteva le palpebre alla luce. Si fregò gli occhi, sbadigliò e si stiracchiò.

"Scusate", disse. "Ho sentito rumore e mi sono svegliata. Ho creduto che fosse tornata la ragazza." Ida era in buona fede. Non era in vestaglia. Portava solo un affare lungo, azzurro pallido, stretto alla vita e ai polsi da cordoncini di seta rosa. Come nei film. Solo che lei non era costretta, come le stelle, a tenersi uno slip dormendo. No, sotto quell'affare trasparente era nuda, la donna di Mario. Bel colpo d'occhio. Ma gli uomini chinarono il capo. I borghesi, certo, non ci avrebbero pensato due volte per lustrarsi un po' gli occhi. Con un'occasione simile! Loro della teppa, no. Non era pane per i loro denti. Non sono le femmine che mancano a questo mondo, no? Perché prendersi quella di un amico?

Un'occhiata di Mario fece capire a Ida che era di troppo. Con lo sguardo bello e cupo, la nuova arrivata vide la brutta grinta dello Sten ma non fece domande. Una donna come lei non ne fa mai, di domande.

Non fiatare, non ascoltare, non vedere, ecco il segreto della felicità. Dicono bene le tre scimmiette. E, in quell'ambiente, è un proverbio d'oro. Si tira avanti, se non altro, rispettandolo... E ci si fa rispettare.

Lei si eclissò ma l'Italiano le corse dietro.

"Dici che la ragazza non è tornata?"

"No", rispose Ida, strofinandosi i capezzoli. "Ieri sera, aveva di nuovo appuntamento con lo zappaterra. Forse fa la notte. Sembrava cotto, quello lì, l'altra volta. Le ha sganciato quaranta bigliettoni."

"Ah, be'", si lasciò sfuggire Mario.

Ida fece il broncio.

"Non so se ho fatto bene a lasciarla andare a quell'appuntamento. I merli grossi sono la rovina delle principianti. Le viziano, le guastano e, quando se ne vanno, le ragazze fanno le difficili."

Scosse la graziosa testina.

"Quello di cui hanno bisogno è un po' di marciapiede. Ma fatto sul serio. Solo così possono formarsi."

L'Italiano si chinò sulla sua *musmé*, la baciò. Le voleva bene. Non c'era da preoccuparsi, con lei. Era più ruffiana di lui, quella donna.

"Va' a dormire", le disse. "Va', tesoro."

Con un braccio intorno al collo, lei lo trattenne:

"Non vuoi che ti prepari una tazza di caffè?"
"No, non ti disturbare. Lo farò io. Su, va' a letto."
Lei gli diede un ultimo sguardo pieno di preoccupazione. Sapeva benissimo che non si tira fuori l'artiglieria per passare la nottata al tavolo da gioco o in qualche locale. La sua parte però richiedeva che non s'accorgesse di nulla.

Tutte quelle come lei, se sono di classe, lo sanno. Non domandano mai nulla, non sono mai al corrente degli affari dei loro uomini. E, se vengono a conoscenza di qualcosa, è sempre per forza maggiore: quando scoppiano le grane e il loro maschio si fa beccare dagli sbirri oppure è costretto a nascondersi. Allora sì, tocca a loro agire. Corrono per Parigi, cercano le entrature, pagano l'avvocato, e si fanno in quattro, pronte a tutto pur di sottrarre il loro uomo alla giustizia. Purtroppo non tutte sono così. La Mado del Lionese, per esempio.

Quando Mario ricomparve in salotto, il sacco di cuoio era di nuovo pieno. Tony, indicandoglielo, consigliò:

"Schiaffalo in qualche angolo finché Jo non torna. Andrà oggi stesso a Londra per mettersi in contatto col ricettatore. Lui solo può scovarlo. Se non ci va di persona, non sarà con un colpo di telefono che lo faremo muovere. Sono diffidenti, quei tipi".

Scosse il capo.

"In un certo senso non hanno torto. In fondo è questione di qualche giorno. Intanto fa' la guardia al malloppo."

Puntò un indice verso Cesare.

"Il tuo amico è schedato all'Interpol?"

"Sì", ammise Mario. "Si è pappato quattro annetti, in Belgio, per scasso."

"Di casseforti?"

"Sì."

"Allora non lasciarlo gironzolare troppo per Montmartre. Ed evita di uscire con lui. È inutile che vi vedano insieme. I questurini non sono poi tanto scemi."

Accese una sigaretta. La fiamma dell'accendisigari gli illuminò i lineamenti tesi per la fatica e la malattia. Tossì. Ne aveva abbastanza.

"Vieni, Jo. Devo rincasare. Sono a pezzi."

Quando arrivarono in strada, la pioggia aveva cessato di cadere. S'era levata una leggera foschia. L'alba era vicina. Un alone denso circondava i lampioni.. Tony rabbrividì e si rialzò il bavero.

"Non fa caldo, eh?"

"In quanto a questo..." fece lo Svedese. E si affrettò ad aggiungere: "Tu staresti meglio nel sud. Con tutti i bigliettoni che intascheremo puoi anche curarti, se vuoi. Cosa ne dici?"

"Vedremo", borbottò il Lionese. "Ma non ora. Avrei l'aria di tagliare la corda, se me ne andassi."

"Tagliare la corda? E perché?" si meravigliò lo Svedese.

Tony guardò l'amico e abbozzò un sorriso.

"È vero. Non te l'ho ancora detto", rispose. "Sono in guerra coi Sora."

"I fratelli Sora? E perché?"

"Sono andato a prelevare Mado, l'altra sera, al Cimeterre d'Or."

"E con questo?"

"Be', le ho dato una battuta. E di santa ragione."

"Ebbene?" osservò Jo. "È la tua vecchia donna, no? Avrai ben il diritto di pestarla, se ti gira. Non si è messa i guanti, lei, per svaligiarti, mentre eri in gabbia. Non vedo cosa c'entrino i Sora, in tutto questo."

“Sta insieme al maggiore dei Sora.”

“Ah! Con Pierre. Un tipaccio, a quanto pare.”

“Lo so. È per questo che non voglio andarmene. Non ho nessuna intenzione di cedere davanti agli algerini.”

“E allora, che cosa si decide? Piombiamo nella loro tana?”

Tony scoppiò a ridere davanti alla foga dell’amico.

“No, no. D’altronde è troppo tardi. Il loro locale è chiuso a quest’ora. Lasciami fare, Jo. Non mi dispiace per niente scontrarmi con i caffellatte. Sono stufo di vedere tutti che cedono terreno davanti a loro. Ormai sono persuasi di essere in una botte di ferro.”

Un passo dopo l’altro, si erano trovati a Pigalle. Presero un taxi. Lo Svedese si voltò verso il compagno d’infanzia.

“Ho proprio voglia di rimandare il mio viaggio. Non ci tengo a lasciarti solo in questo momento. Sono ossi duri, i tre Sora, almeno a quanto si dice. E, se non son balle, raccoglieranno la sfida... Forse è meglio che non ti lasci solo, per ora...”

“Non ti preoccupare, Jo. Sono in grado di sistemarli tutti e tre, se mi cercano. In quanto al tuo viaggio, non è il caso di rimandarlo. Il ricettatore non starà cent’anni ad aspettare. E Cesarino neppure... No, va’ a Londra e portaci qui il tipo. Non ti fare cattivo sangue per me. Starò con gli occhi aperti, ecco.”

6

“Pierre!”

Il maggiore dei Sora uscì dalla stanza da bagno. Intorno alle anche grasse e lucide, aveva annodato un asciugamano di spugna. Anche il petto, senza l’ombra d’un pelo, era grasso. Seni di donna, pareva avesse. Con mossa brusca strappò il cornetto dalle mani di Mado. “Pronto!” sbraitò con voce alterata. “Pronto!”

Gettò uno sguardo pieno di rancore verso la sua donna sdraiata su un divano. Pezzo di cretina! Lasciarsi conciare in quel modo. Adesso, per almeno tre settimane, l’avrebbe avuta sul gobbo. Non era certo in grado di andare a caccia di merli, dopo quel che aveva subito. Era sfigurata, quell’idiota.

“Cosa dici?” urlò nel ricevitore. “L’avete perso? Come? Da due giorni non è rincasato? E con ciò? Bisognava aspettare, capisci! Bisognava aspettare... Come dici? Fino alle cinque del mattino, l’avete aspettato? Me ne frego! Bisognava aspettarlo per tutta la giornata.”

L’algerino si portò una zampa al ventre rotondo. Macchinalmente sollevò l’asciugamano e si grattò.

“Non voglio più sentire parlare del Lionese”, vociò. “Dovete liquidarmelo. E subito.”

Riappese. La collera lo rendeva mostruoso, mettendo in evidenza la cicatrice rossa che, dall’orecchio al mento, gli attraversava la faccia. Un colpo di rasoio che s'era buscato tempo prima, nella casbah d'Algeri.

"Tu e il tuo uomo di una volta..." ringhiò bilioso, scuotendo il pugno sotto il naso della sua puttana. "Non so chi mi tiene..."

Senza che lei potesse scansarsi, la colpì vigliaccamente, a due riprese.

Vedendo quell'essere senza difesa, spaurito e incapace di mordere come un animale ferito, si gettò sul canapè. Mezz'ora dopo, mentre stava lì, beatamente sdraiato, a ricuperare le forze, il telefono squillò di nuovo.

"Sì?" fece. "Sei di nuovo tu, Ahmed?... Ma, Dio bono, t'avevo... Come?"

Una maschera di stupore gli trasformò il viso. Si alzò a sedere sulle grosse natiche.

"... Dici che Viviana è appena tornata... Con un brillante enorme! È così? Bene. Venite qui tutti e due... Vi dirò io se è autentico."

Seduto su un puff, Ahmed spiegava tutto al fratello. Questi si era vestito. Un abito sul viola e, naturalmente, un paio di scarpe d'un giallo da vomitare.

"Ebbene?" interruppe Pierre. "Dici che Viviana ha avuto questa pietra da un ometto che non parlava francese. E lei crede che sia italiano."

Si tolse la lente che aveva incastrata nell'orbita e fece lampeggiare il brillante tra le dita cariche di oro.

"È autentico", disse infine.

Gli occhi di Ahmed brillarono di cupidigia.

"Vale molto?"

Il fratello tirò fuori dal taschino un calibro a lame.

"Aspetta che lo misuro..."

Quando finì, gettò uno sguardo diffidente alle donne che parlottavano tra loro, poco distanti. Le due femmine, però, erano assorte nei loro discorsi.

"Vieni", disse ugualmente al fratello. "Andiamo di là."

Non era la cubatura a far difetto in casa di Pierre Sora. Sei locali aveva. Quasi quattro milioni aveva sborsato per quell'appartamento. Lo spazio vitale non mancava... I tappeti, le decorazioni, le armi damaschinate, le pelletterie di Cordova, tutto c'era. Un vero bazar orientale.

"Ebbene", esclamò quando furono soli. "Non deve valere meno di un milioncino quest'affare qui. Ha un'acqua purissima."

Ahmed allungò una mano avida.

Pierre lo fermò.

"Aspetta! C'è di meglio da fare. Te lo restituirò dopo. Prima voglio sapere il nome del tizio che distribuisce pastiglie di questo genere. Chiamami Viviana."

Quando ebbe davanti la geisha del fratello, il maggiore dei Sora l'osservò in silenzio. Poi lanciò a bruciapelo:

"Dove si trova il merlo che t'ha rifilato questo affare?"

"Ma allora è autentico!" esclamò la sciantosa stupefatta, senza rispondere alla domanda.

"Non intendevo questo", borbottò l'algerino. "Però mi piacerebbe sapere dove posso trovarlo. Dovc abita?"

Viviana alzò le spalle.

"Non lo so. Non conosco il suo indirizzo. L'ho pescato al Rêve Bleu. Non so nient'altro."

Pierre si passò le dita nei capelli unti.

"Al Rêve Bleu", ripeté tra sé. "E hai detto ad

Ahmed che aveva l'aria di un duro? Strano... Era solo, quando l'hai conosciuto?"

"No. Era con un certo Mario e con due tipe."

"Le donne le avevi mai viste, prima?"

"Una sì. È la moglie di questo Mario, che anche lui è italiano, secondo Jean, il maître."

Il maggiore dei Sora si rivolse al fratello.

"Mario l'Italiano, lo conosci tu?"

Le ciglia lunghe e ricurve di Ahmed si abbassarono sugli occhi penetranti. Era migliore del fratello, come aspetto, il giovane. Robusto, piazzato, con un viso bruno e i muscoli sciolti: un bel maschione.

"Sì", rispose. "Solo di vista. Non viene spesso dalle nostre parti. Credo che sia in combutta con due vecchi dell'ambiente: Tony il Lionese e Jo lo Svedese."

L'altro digrignò i denti d'oro.

"Ah, sì! Tony il Lionese."

Malgrado l'abbondante ciccia, si precipitò come un fulmine nell'altra stanza, da Mado. Si chinò sulla donna con una luce furba negli occhi:

"Il tuo Tony, di che cosa si occupava tempo fa?"

"Un po' di tutto", rispose Mado meravigliata. "Coca... armi... svaligiamenti... Che ne so io... ?"

"E scassi?"

L'odalisca si soffregò piano il petto, nel punto che Tony aveva bruciato col ferro.

"Sì", rispose. "È proprio per questo che è stato preso. Cinque annetti si è beccato."

"E il colpo? Dove l'ha fatto?"

"In una gioielleria, a quanto ricordo."

Un lampo astuto balenò negli occhi del caffellatte, subito velato da un battito di ciglia.

Pierre tornò rapidamente nell'altra stanza. Domandò a Viviana:

"Questo regalo te l'ha fatto la notte stessa che l'hai conosciuto?"

Pendeva dalle labbra della ragazza. Se lei rispondeva "Sì", tutte le sue deduzioni andavano a farsi friggere. Difatti lo scasso del negozio Barier era avvenuto solo due giorni dopo.

"No", fu la risposta. "Me l'ha dato ieri sera. È comparso al Rêve Bleu all'ora del mio numero. Era solo. Non credevo di rivederlo, per quanto mi pareva che si era preso una cotta per me. Mi ha fatto piacere. Si è seduto al tavolo, mi ha fatto segno e, appena ho potuto, sono andata da lui. Abbiamo vuotato una bottiglia. Poi ci siamo ritirati."

Viviana guardò Ahmed, gli sorrise e continuò.

"L'anello me l'ha dato in camera. Pareva cotto, il ragazzo. Mai visto un tipo così appiccicato."

"Lo devi rivedere?"

Viviana rivolse gli occhi a Pierre Sora.

"Non te lo so dire. Non m'ha fissato un appuntamento. Ma sono certa di rivederlo. Dal momento che..."

"Va bene", l'interruppe Pierre Sora. "Puoi tornartene a casa. Dobbiamo parlare, Ahmed e io."

La donna non domandò spiegazioni. Non voleva prenderle dal suo ganzo! In fondo qualcosa l'otteneva sempre, da Ahmed, quando lui era in soldi.

I caffellatte dominano così le loro femmine. A bastonate fisiche e morali. La doccia scozzese le sottomette a dovere. E le fa rigare diritto.

Dopo averla riaccompagnata alla porta, Pierre Sora ricomparve con un giornale in mano. La data era del giorno prima. Un titolo a caratteri di scatola annunciava lo scasso Barier.

"Leggiti questo", disse al fratello gettandogli il foglio.

L'altro diede una scorsa all'articolo, aggrottando la fronte. Poi mormorò:

"Vuoi dire che..."

"Sì, voglio appunto dire che... Duecentocinquanta milioni! Il più bel colpo che si sia mai visto. E sai chi l'ha fatto?"

"L'amico di Mario?"

"Sì, l'amico di Mario e gli altri. Questo è sicuro. Sono pronto a scommettere mille contro uno. Altrimenti hai mai visto tu un duro regalare un brillante da un milione a una puttana? Per me, il tipo è un matto. Mi puoi rispondere che tutti i sottanieri lo sono. E va be'. Uno più matto dell'altro. Ma è la primissima volta che vedo uno sganciare un capitale simile a una femmina. Di solito preferiscono buttare via tutto alle corse o al baccarat. Ma questo qui, davvero..."

Pierre Sora tacque, si rimirò le barche gialle e riprese:

"Posso anche sbagliarmi, ma non credo. In ogni modo che cosa rischiamo, cercando di sapere qualcosa? E visto che il piccoletto di Viviana ha fatto una fesseria, bisogna approfittarne. Si potrebbe... Tu precipitati da Alì e informalo. Da questo momento non cercate più il Lionese. Cambiate programma. Dobbiamo aver l'aria di lasciarlo perdere. Non si tratta più di accopparlo perché, se lui ha mano nella faccenda e ha nascosto il bottino, non riusciremo più a scovare nulla. Capito?"

Ahmed fece una smorfia. Non era furbo quanto il fratello. Tuttavia... per duecentocinquanta milioni valeva la pena di spremersi il cervello.

"Bene", continuò Pierre. "Tu e Alì passerete al setaccio tutte le bettole e i ritrovi. Prendete informazioni su Mario e la sua tipa. Ma senza dare nell'occhio. Cercate di sapere dove abitano. Con tatto, però, eh? Non bisogna mettergli la pulce nell'orecchio. Forse non ci ricaverete nulla perché quei tizi sono molto diffidenti. Per cominciare, piomberemo sul piccolo italiano. Stasera tu e Alì ronzerete al Rêve Bleu. Se il giovanotto torna a rivedere Viviana – e, siccome s'è preso la cotta per la ragazza, non mi meraviglierei – gli salterete addosso all'uscita e lo porterete alla villa di Champigny. Capito?"

Ahmed scrollò le spalle. Certo, che aveva capito...

Il fratello maggiore spiegazzò il giornale, lo gettò via alla cieca e, tutto preso dall'eccitazione, proruppe:

"Dobbiamo mettere le mani su quei gioielli. A qualsiasi costo, qualsiasi... Un'occasione come questa capita sì e no ogni cent'anni".

7

Al Cimeterre d'Or c'era festa in borgo. I camerieri non avevano neanche il tempo d'appartarsi un momento in cucina per mandar giù un cicchetto. Dietro al banco, i due baristi grondavano di sudore. Con tutti quegli sbronzoni...

Sulla pista da ballo, le *entraîneuses*, tra le braccia dei clienti, dimenavano il mappamondo per eccitare i merli. Vicino all'orchestra, una lesbica un po' bevuta rabbuffava la sua pupilla.

"Non ti porterò più in nessun posto, capito?" gridava. "Fare la corte a un musicista? Pezzo di idiota. Sul marciapiede lavorerai, d'ora in poi. Non ti porterò più in nessun posto, ti farò vedere io."

La biondina che stava con lei, ubriaca fradicia, singhiozzò:

"Me ne frego! Non ti passerò più i quattrini. Sono stufa di vedermi davanti quella tua brutta faccia".

Il magnaccia in sottana le mollò una sberla schioccante.

"Ih, ih..." piagnucolò la biondina. "Strega! Mi hai fatto male."

Pierre Sora, che gironzolava fra i tavoli, s'avvicinò alle due donne.

"Piantala, pantera", ammonì, chinandosi sulla virago. "Se no, ti sbatto fuori. Non sei capace di strapazzare le tue ragazze da qualche altra parte, eh?"

Chiamò con un dito il gestore, il caffellatte tatuato in fronte.

"Nessuna notizia da Ahmed?"

"No, signor Pierre", rispose l'altro. "Non ho visto suo fratello, questa sera. E non ha neanche telefonato."

"Be', se viene mandamelo su."

E voltò le spalle alle due donne.

"Se queste baldracche qui fanno ancora baccano, scaraventamele fuori, capito?"

Si avvicinò al bar. Un tale, appollaiato su uno sgabello alto, scrutava la sala.

"Toh, il signor commissario", finse di estasiarsi l'algerino. "Che piacere vederla!"

Il poliziotto gli lanciò uno sguardo ironico. Un sorriso lieve gli stirò le labbra per la servilità del nordafricano.

"Be', Pierre", fece. "Come va l'azienda? Devi farne di quattrini, con un lavoro simile."

"Così così, signor commissario", concesse l'altro, allargando le braccia appesantite dagli ori. "Così così. Che posso offrirle?"

"Mi sono già servito, grazie."

"Andiamo, signor commissario..."

Il padrone del Cimeterre d'Or ammiccò al barista.

"La mia bottiglia, Henri. Quella speciale, per il signor commissario."

Si piegò verso il segugio.

"Se posso esservi utile, signor c..."

"Non hai sentito parlare dello scasso da Barier?" tagliò corto l'altro.

L'algerino si accarezzò con la mano lardosa il risvolto dello smoking.

"Sì, signor commissario. Come tutti... I giornali..."

Il tutore della legge lo scrutò. Poi, tra i denti, insinuò:

"Lo sai che ci sono dieci milioni per il tizio che darà qualche indicazione?"

"Salute!" esclamò il terracotta.

"Senza contare i vantaggi che gli accorderemo", concluse il questurino calzando un cappello dal nastro sbiadito. "Buona sera, per il momento."

Si allontanò, seguito dallo sguardo di Pierre Sora. Dieci milioncini, eh? Un bell'affare per chi avesse dato qualche informazione alla polizia. Bisognava fare presto. Non sarebbero certo mancati gli informatori. Tutti i ciabattoni, tutti i buoni a nulla, sarebbero partiti a caccia d'indizi. Tutti i tenutari di bordelli clandestini, tutti gli allibratori avrebbero fatto l'impossibile per ingraziarsi la polizia e continuare indisturbati ad alleggerire i portafogli dei merli. Per non parlare dei contravventori al foglio di via, ansiosi di ottenere il permesso di residenza. Tutti si sarebbero precipitati in questura. Uno scasso di duecentocinquanta milioni? Mai vista una cosa simile...

Pierre Sora sapeva che l'alto papavero nel suo locale non ci era entrato per caso. La visita si sarebbe ripetuta in tutte le bettole, in tutti i locali gestiti da quelli della malavita. Gli sbirri gettavano l'amo nelle acque torbide. Era il loro mestiere. Difficile che non riuscissero a pescare qualcosa. Bisognava precederli e non starsene a dormire. Bisognava agire. E presto. Che cavolo stavano facendo, i suoi due fratelli?

Il maggiore dei Sora si ficcò un Henry Clay nella bocca lastricata d'oro, l'accese e andò ad aprire una porta su cui spiccava un INGRESSO VIETATO. Si arrampicò fino al primo piano e si chiuse nel suo ufficio. Faceva caldo, in quella stanza. I termosifoni andavano a tutto spiano. Ci voleva altro, però, per dare un po' di calore alla cotenna di Pierre Sora. Era freddoloso, l'algerino. Ah, poter tornare al paese! Al sole. Lasciare quel postaccio dove ci si congela per sei mesi all'anno. E che cosa ci voleva per farlo? Niente, assolutamente niente. Saperci fare, ecco. Chi riesce a mettere le grinfie sul gruzzoletto dei Barier può permettersi qualsiasi cosa...

Bussarono. Pierre si riscosse e aprì la bocca. Senza aspettare risposta, un giovanotto s'introdusse nella stanza.

"Potevo essere occupato", gridò inferocito Pierre. "Non..."

"Va bene", l'interruppe Alì, il minore dei Sora. "Cambia argomento. Mi fai venire il latte alle ginocchia."

Il maggiore gettò uno sguardo cattivo al fratello. "Che cavolo ci fai, qui?" gli chiese brutalmente. "Non t'ha detto Ahmed di rimanere al Rêve Bleu?"

Alì si lasciò cadere in una poltrona, scatarrò sul tappeto e non si curò di calpestare lo sputo.

"Sì", rispose. "Ma lui c'è rimasto. Non c'è bisogno di rimanere in due. Se l'italiano compare, Ahmed ci darà un colpo di telefono."

"Perdio!" tuonò Pierre. "Quando io do un ordine..."

"Piantala!" ringhiò Alì, tagliando corto.

La pelle color caffellatte di Pierre Sora divenne grigio cenere. Di scatto, l'omaccione balzò dalla sedia, alzò il braccio e lo lasciò ricadere. I suoi anelli s'abbatterono sul viso del fratello minore.

"Figlio di p..." imprecò l'algerino, alzandosi. "Adcsso ti..."

In mano gli luccicava una lama. Altrettanto rapido, l'altro aveva sfoderato l'artiglieria.

"Non muoverti", ordinò, livido di rabbia. "Se fai un passo ti buco. Pezzo di cretino."

Il giovane si impietrì a metà del suo gesto. Come

due punte acuminate, le pupille filtravano, nere e piccolissime, attraverso le palpebre abbassate. Minacciose. Il sudore gli gocciolava intorno alla bocca.

"Ne ho piene le scatole dei tuoi atteggiamenti da gran capo", gridò, con la bava alle labbra. "Se ricominci, ti sgozzo. Capito?"

Si passò la lingua secca sulle labbra cerchiate da una schiuma biancastra e si portò il pollice alle narici. Un fremito lo scosse.

"Hai ancora annusato la coca", lo rimproverò il fratello, sempre tenendolo d'occhio. "Lo sai dove andrai a finire, no? Al manicomio, ecco dove. E quanto prima."

Di colpo, il sistema nervoso di Alì cedette. Un fremito gli contorse il corpo magro. Il rasoio gli scivolò dalle dita. Tutto il volto contratto grondava sudore.

"Dammene una presa", supplicò. "Non ne ho più... Pierre..."

Sora senior rinfoderò la canna, s'avvicinò al fratello e, vigliaccamente, lo schiaffeggiò più volte.

Il ragazzo ricadde sulla poltrona. Non reagiva più. L'altro si chinò, raccolse il rasoio e lo gettò sulla scrivania. Poi girò intorno al mobile, aprì un cassetto, tirò fuori un pacchetto di carta e lo gettò al fratello.

"Prendi."

Alì, febbrilmente, disfece l'involucro e si portò al naso la polvere. Poco dopo, la sua falsa eccitazione morì, i tratti si distesero. Solo gli occhi continuavano a luccicare.

Pierre gli diede uno sguardo cattivo. Poi gli indicò il rasoio: "Riprenditi quell'arnese. D'ora in poi se vorrai di questa roba, dovrai..."

S'interruppe e sollevò il ricevitore.

"Sì? Ahmed? Ebbene? Sì... sì... Te lo mando."

Riagganciò il ricevitore e si rivolse al fratello.

"Il piccolo italiano è comparso. Ritorna al Rêve Bleu, Ahmed t'aspetta. Fa' come ho detto. Io vi raggiungerò dopo. E non combinatemi fesserie... Non toccate il tizio prima che arrivi io."

8

Pur camminando, Cesare continuava a fissare Viviana. Allungava il passo, tirandosela dietro, impaziente di sentirsela nuda tra le braccia. Il profumo della pelliccia della sciantosa gli andava alla testa, gli ricordava il profumo della sua carne. Il solo fatto di sentire contro il proprio fianco il corpo di lei, gli faceva, malgrado lo spessore degli abiti, un effetto terribile. Era la primissima volta che una donna gli faceva girare la testa in quel modo. Fremeva d'impazienza. Ineffabile la sensazione che provava.

Tenendosi a braccetto, abbandonarono le vie rumorose, affollate, pullulanti di locali notturni. Oltrepassarono la Gavarnie e imboccarono Rue Chaptal. In fondo li aspettava l'appartamentino tranquillo, con gli oblò, i pesci argentati.

A un tratto, un uomo emerse dall'ombra urtando il piccolo italiano.

"Scusi, signore", disse, in italiano, portando la mano al cappello.

Un cappello di feltro chiaro, troppo chiaro.

"Prego", rispose Cesare, macchinalmente.

Raggiunse Viviana che era andata avanti. Poi, rendendosi improvvisamente conto che lo sconosciuto si era espresso nella sua lingua, si voltò verso di lui e gli gridò dietro allegramente:

"Buona sera, signore".

"Sì, buona sera, amico", proruppe una voce accanto a lui, questa volta in francese.

Qualcosa di duro gli premette contro lo stomaco.

"Alza le zampe", continuò la stessa voce. "Svelto."

L'italiano capì. Non c'era bisogno di un interprete davanti alla canna che gli titillava l'ombelico. Ubbidì.

L'uomo dal feltro chiaro tornò sui suoi passi e, con mano abile, perquisì il piccoletto.

"Va bene, Alì", disse. "Non è armato."

Poi lanciò un sibilo leggero nella notte. Si sentì il ronzio d'un motore e una macchina sbucò da Rue Henner.

"Sali", ordinò Ahmed.

"Ma, signori..." si ribellò il piccolo italiano.

La canna, spinta da una mano brutale, affondò nel soprabito. Senza più fiatare, Cesare salì in macchina. Alì gli si piazzò accanto.

Prima di raggiungerli, Ahmed si rivolse a Viviana che si fingeva sorpresa.

"Tu, ragazza, fila via di qui", ordinò, simulando la collera. "Altrimenti..."

Alzò una mano in segno di minaccia. Cesare non aveva capito il significato della frase ma, a quel gesto, diede un balzo. Per calmarlo, Alì, col dorso della mano libera, gli mollò uno sgrugnone, ributtandolo a sedere. Con la rabbia in corpo, l'italiano si mise quieto.

"Su, in marcia", ordinò Ahmed, richiudendo la portiera dietro a sé.

L'autista, un altro algerino, avviò la macchina. Cesare, istintivamente, si voltò. Dal finestrino posteriore, fece in tempo a scorgere una silhouette elegante che scompariva nel buio.

Senza correre, la macchina attraversò la città. Si fermava al rosso, ripartiva al verde. L'algerino al volante rispettava il codice stradale. Sembrava che temesse di prendere una multa. Eppure, i gendarmi in divisa non erano tanto pericolosi, a quell'ora. Non stavano certo lì a gironzolare col blocchetto delle multe in mano. Solo dopo Vincennes l'algerino premette l'acceleratore fino in fondo. In un baleno, giunsero a Champigny.

Tra i due Sora, il piccolo Cesare non aveva fiatato. Cercava di spremersi le meningi. Per il momento aveva solo capito di non essere in mano agli sbirri. In quanto a questo, non poteva sbagliarsi. Ma l'aspetto di quei ceffi non era fatto per rassicurarlo. Algerini? Santa Madonna! In che pasticcio era capitato? Era soprattutto il tizio che lo teneva sotto il tiro dell'artiglieria a mettergli fifa. Che brutta grinta aveva. Che sguardo strano. E il naso, tirato all'attaccatura e con le narici frementi. Un viso da esaltato. C'era da giurare che sentiva l'odore del sangue e col dito impaziente tormentava il grilletto.

Anche il feltro chiaro accanto a Cesare dovette rendersene conto.

"Calmati, Alì", intimò. "Controllati. Non dimenticare che Pierre vuole la preda viva."

Qualcosa morì nello sguardo del giovanotto, ma l'arma puntata non divenne meno minacciosa.

La bagnarola si fermò davanti a un cancello, ai lati del quale alte mura si prolungavano nell'ombra. Ahmed scese e andò ad aprire. Le quattro ruote scivolarono in un viale fiancheggiato da alberi spogli. I rami ondeggiavano al vento. Gemevano, li si sentiva. Nella notte, si poteva distinguere la facciata bianca di una villa. Dopo una leggera curva, la macchina si arrestò davanti a una scalinata.

"Scendi", ordinò Ahmed, che li aveva raggiunti, a Cesare.

Con la canna di Alì puntata alle reni, l'italiano si trovò in fondo alla scalinata.

Ahmed si rivolse all'autista.

"Tu puoi tornare a Parigi", gli disse in francese. "Passa al Cimeterre d'Or. Se ci trovi ancora Pierre, digli che abbiamo preso l'italiano. E che lo aspettiamo."

La macchina fece un mezzo giro e sparì nel viale. Ahmed trasse di tasca un mazzo di chiavi e aprì la porta della villa. Accese un fiammifero e allungò un braccio; una lampada s'accese, illuminando l'atrio lastricato di mosaico. In fondo, luccicavano debolmente i gradini smaltati di una scala. A destra e a sinistra facevano macchia, sulla tappezzeria stridente, numerose porte. Ahmed ne aprì una.

"Avanti", ordinò, spingendo il piccolo Cesare. Non erano certo i mobili che mancavano in quella stanza. Pierre Sora doveva averli pagati cari. Solo che erano secondo il gusto del proprietario: pacchiani. Il tavolo centrale avrebbe fatto al caso d'un consiglio dei ministri. Per le sue dimensioni, se non altro. Quanto al colore... In legno bianco di Norvegia, era. E, insieme con le sedie foderate di pelle rossa, puzzava lontano un miglio di arricchito. Sopra al bar, sistemato in un angolo, c'era una fotografia a figura intera del "signor padrone". E che posa... Gli mancava solo la mano infilata nell'apertura del panciotto, come Napoleone, ed era fatta. Probabilmente, non ci aveva pensato.

Alle pareti, d'un verde da far piangere, pendevano durlindane, scimitarre e una quantità di schioppi, tutta roba che aveva certamente partecipato a chissà quali sagre orientali. La mania degli algerini.

A illuminare questo casino, pendeva dal solfitto un lampadario mastodontico, carico di vetrame che tintinnava al minimo soffio. Faceva a pugni col resto, ma brillava. E questo doveva aver sedotto il capo tribù.

Ahmed si chinò sul caminetto, grande da poterci arrostire un bue, e accese una catasta di ceppi.

La fiamma divampò gaia e chiara, facendo balenare di riflessi le parti lucide dei mobili.

Alì, appoggiato alla porta, guardò il fratello.

"Portaci qualcosa da bere", gli disse. "Ho sete. E di' a quel fesso di sedersi. Non capisce un cacchio quando gli parlo io. Mi dà sui nervi, quel fregnone."

Tutto d'un fiato, buttò giù il bicchiere di Negrita che Ahmed gli aveva porto. Poi prese la bottiglia e si servì di nuovo. L'alcool cominciava ad arrossargli i pomelli scuri come arachidi ben tostate.

"Dunque, giovanotto", disse, avvicinandosi a Cesare che stava seduto su una sedia. "Dove hai nascosto i diamanti?"

"Lascialo stare", borbottò Ahmed. "Lo sai che non ti capisce. Io solo, qui, parlo italiano. Lo interrogherò quando verrà Pierre, non prima."

Alì scrollò le spalle imbottite, si fregò il naso e si cercò in tasca. Quando tirò fuori l'involtino di coca gli sfuggì un sospiro di sollievo. Si riempì le narici di polverina. Ma non parve quietarsi.

"Bisogna rispondere quando parlo, amico", disse, fissando con aria cattiva il piccolo Cesare. "Bisogna rispondermi..."

L'italiano non gli badava. S'era messo a studiare la stanza. Pochi metri e qualche mobile lo separavano dalla finestra. Troppo. Comunque, aveva deciso di tentare. Doveva agire con prontezza. L'algerino che lo sorvegliava avrebbe certamente sparato. Ma, se fosse riuscito a coglierlo di sorpresa, forse ci sarebbe riuscito. Forse avrebbe anche potuto disarmarlo e...

Senza farsi notare, tese i muscoli, preparandosi allo scatto. Si muoveva impercettibilmente. Ma una voce dietro di lui lo frenò.

"Non agitarti, ragazzo", gli consigliò Ahmed, in italiano.

Cesare gli lanciò uno sguardo di straforo. In mano all'algerino era apparsa un'automatica.

Alì, che era al terzo bicchiere, ridacchiò.

"Volevi fare i capricci, eh? Ti faccio vedere io, brutto porco..."

Ridendo gli si avvicinò e, con un calcio in pieno viso, lo mandò a ruzzolare con la testa indietro. L'italiano si rialzò in un attimo. Si portò una mano al sopracciglio spaccato e partì all'assalto. Non ragionava più, il piccoletto. Ne aveva fin sopra i capelli. Cosa credevano quei macachi? Che si sarebbe lasciato malmenare senza muovere un dito? Non sapeva neanche perché l'avessero sequestrato. L'unico tipo che parlava italiano non gli aveva ancora detto nulla. Ne aveva piene le scatole di quei macellai da strapazzo. Capitasse quel che doveva capitare... E capitò subito. L'impugnatura della pistola di Alì lo colpì al collo, all'attaccatura della spalla. Si sentì scricchiolare le ossa. Il dolore improvviso gli torse le budella, gli accartocciò lo stomaco. Crollò sulle ginocchia. Santo Dio, che male faceva...

Eccitato dalla droga, Alì abbassò il pugno armato e lasciò partire il colpo. La palla, sfiorando la guancia di Cesare, s'incastrò nel piede del tavolo. Una scheggia di legno volò in aria.

"Pezzo di fesso", urlò Ahmed, precipitandosi sul fratello. "Pezzo di fesso!"

Lo colpì con un destro, corto, efficace, facendolo traballare. Poi, approfittando dell'occasione, afferrò con le dita dure come acciaio quella peste di fratello, gli torse il braccio e lo disarmò.

"Vuoi startene quieto, pezzo d'idiota?" gli gridò. "Se l'accoppavi, ti... E tu non ti muovere", fece, rivolto al piccolo Cesare che, col viso pieno di sangue, si stava rialzando con un mugolio di dolore.

In quel momento si udì uno sbattere di porte. Uno scalpiccio precipitoso risuonò sul mosaico dell'atrio. La porta si aprì: Pierre Sora comparve sulla soglia. Un soprabito di cammello gli copriva lo smoking. Un cappello chiaro gli ombreggiava il viso color rame.

"Dio bono", imprecò. "Chi mi ha combinato..."

Fiutò l'odore di cordite. Guardò, a uno a uno, i tre uomini e indugiò un attimo con lo sguardo sulla gamba del tavolo. Impallidì.

"Banda di fottuti! Chi è stato a sparare?"

Senza aspettare risposta, si precipitò su Alì. La rabbia gli faceva tremare le guance grasse. Sbuffava.

"Sei stato tu, vero? Sei stato tu a..."

Ahmed s'interpose.

"Lascia perdere. L'ha mancato. È quello che conta, no? Il tuo uomo è vivo e vegeto. Non farne un dramma."

Pierre Sora guardò Alì con astio. Poi, pian piano, parve che la sua collera sfumasse. Gli rimasero solo alcune chiazze livide sul faccione lardoso.

"Va bene", borbottò tra i denti, quasi di malavoglia. "Occupiamoci del tizio, ora. Non abbiamo tempo da perdere."

Ahmed si piantò vicino a Cesare. Rialzò la sedia, aiutò l'ometto a sedersi e cominciò subito, parlando in italiano:

"Dunque, maccheroncello. Devi sputare il rospo, ora. Dove l'hai preso il vetro che hai dato a Viviana?"

Cesare trasalì. Viviana? L'anello? Come mai lo sapevano? Non era stata lei per caso a...

L'idea che potesse essere stata lei a tradirlo gli

bruciava più della spalla in fiamme. Eppure, a pensarci bene, chi se non Viviana, poteva averli informati che avrebbero preso Rue Chaptal? Chi, se non quella donna? Avrebbero anche potuto scegliere un'altra strada, chi poteva saperlo? Perdio! Lui, Cesare, s'era fatto far fesso come un merlo qualsiasi. E tutto per essersi lasciato incantare dalla prima venuta. La prima venuta? No, purtroppo. Mai ne aveva incontrata una come quella. Al solo ricordo delle notti passate con lei, si sentiva pronto a ripetere la stessa fesseria. Gli aveva messo il fuoco in corpo, quella sgualdrina...

"Be', hai sentito", tuonò Ahmed. "Dove hai preso quell'anello? Rispondi, perdio."

Cesare lo guardò con occhio spento.

"Non ti capisco."

"Non è per caso da Barier, che l'hai preso?"

Cesare fu scosso da un fremito. Abbassò il capo, strinse i denti. Doveva sostenere il colpo, ora. I caffellatte sembravano troppo al corrente. A cedere, a spifferare tutto, non c'era neanche da pensarci. Se cantava, Mario l'avrebbe pagata salata.

Ahmed, con furia, gli abbrancò i capelli tirandogli indietro la testa.

"Da Barier, vero?" gli gridò, scrutandolo, con lo sguardo acuto. "Rispondi, dunque!"

"Non ti capisco", mormorò il piccoletto. "Non so nulla..."

Il manrovescio che gli allentò Pierre Sora interruppe l'interrogatorio.

"Basta così, Ahmed", ringhiò Pierre. "Stiamo perdendo tempo. Sembra cocciuto, il tipo. Insalsicciamolo."

Un attimo dopo, Cesare si trovava legato alla sedia. Non aveva potuto trattenere un urlo di dolore, quando Alì gli aveva tirato brutalmente dietro la schiena il braccio ferito.

"Ora devi parlare", minacciò Alì. "Non abbiamo tempo da perdere. Su, parla."

Cesare chiuse gli occhi. Una sventagliata di schiaffi non glieli fece riaprire. Era Pierre che sfogava la sua rabbia. Sentì che qualcuno si raschiava la gola, poi uno sputo gli colò lentamente sulla guancia tumefatta. Era Alì. Il piccolo italiano non schiuse i denti, non sollevò le palpebre. Sapeva che quelli non scherzavano. Che gli avrebbero fatto la festa. Tanto peggio. Nella vita, quando si fa una fesseria, bisogna pagarla. Da uomo. E lui ne aveva combinata una grossa. Mastodontica. Essersi incapricciato di una donna al punto da regalarle un diamante. Un diamante di cui non aveva neanche il diritto di disporre. Bel cretino era stato! E neppure onesto. Quel diamante l'aveva intascato, senza dir nulla, quando era rimasto solo, laggiù, davanti alla cassaforte. Come un porco si era comportato. E tutto questo perché? Per una schifosa che l'aveva tradito. C'era da piangere...

Suo malgrado riaprì gli occhi quando sentì che gli stavano togliendo le scarpe. Che cos'altro avevano escogitato gli algerini? Guardò Ahmed inginocchiato davanti a lui e, inorridendo, scorse Alì che gli si avvicinava brandendo un tizzone rovente.

"No, questo no", urlò. "Questo no..."

"Dove hai avuto quel diamante?" chiese Ahmed furioso. "Dillo subito, se no..."

Coi denti piantati nelle labbra, il piccolo Cesare richiuse gli occhi per non vedere.

Pierre, col mento, fece un segno al fratello. Questi non si fece pregare. Impugnò, con la mano libera, la caviglia nuda dell'italiano e gli applicò l'attizzatoio ardente sotto la pianta del piede. Cesare urlò fuori l'anima.

Ahmed si chinò su di lui.

"Vuoi cedere, porco?" gli gridò. "Vuoi cedere?"

Cesare rivolse al suo carnefice solo uno sguardo spento.

"Continua", ordinò Pierre.

Alì sollevò l'altro piede alla vittima. Il corpo dell'italiano si contorse al morso del ferro. La corda gli segava i polsi. Il petto gli si era gonfiato a palla. Una vena del collo spiccava turgida, come se stesse per scoppiare. Poi tutto cessò.

Di colpo, come un otre svuotato, Cesare s'afflosciò, perdendo conoscenza.

Quando tornò in sé, il rum gli gocciolava a rivoletti dal mento. L'alcool gli bruciava gli intestini. I piedi però gli bruciavano ancora più forte. Un dolore insopportabile. Lo stomaco gli salì in gola, si agitò convulsamente, ruttò, buttò fuori tutto quello che aveva mangiato.

"Ti decidi, una buona volta?" gli chiese Ahmed, in italiano. "Perché t'intestardisci? Lo sappiamo che sei stato tu a far saltare la cassaforte dei Barier. Confessa, dunque. Dicci dove sono nascoste le pietruzze."

Il pensiero di Cesare corse a Mario.

"Non so che cosa..."

Il resto della frase gli rimase nel gozzo. Impugnando un rasoio, Alì aveva spinto da parte il fratello.

"Lasciami fare", aveva detto. "Dura troppo questa musica. Bisogna tagliare corto."

Di fronte al bagliore azzurro, livido, del rasoio che lentamente, molto lentamente, gli si avvicinava al pomo d'Adamo, le pupille di Cesare si dilatarono.

"Lasciatemi..." supplicò.

Con un gesto, Ahmed fermò il braccio del fratello.

"Aspetta. Sembra che voglia cantare. Allora?" aggiunse in italiano. "Dov'è il malloppo?"

Cesare aprì la bocca. Dio, com'era difficile tradire un amico.

"No, no..." balbettò.

Poi di colpo:

"Non so di che cosa parliate..."

Già Alì avanzava, col rasoio in pugno. Non aveva capito le parole ma aveva afferrato il senso della reazione. Duro, l'italiano! Con un colpo secco, gli tagliò il soprabito. Proprio tra due cuciture. La stoffa si aprì senza dolore. L'algerino attaccò la giacca.

Cesare chiuse gli occhi. Qualcosa gli sfiorò la camicia, poi la pelle nuda, diagonalmente. Suo malgrado, aprì gli occhi e tremò. Alì accentuava i movimenti. L'acciaio penetrò nella carne. Il sangue cominciò a gocciolare sui vestiti. Una macchia umida e scura s'allargò sul blu del soprabito. Dalla nuca alla punta dei piedi, al piccolo Cesare si accapponava la pelle. I capelli gli si rizzavano. Si sentì uscire di senno. Con gli occhi lustri come quelli di un pazzo, cercò Ahmed e l'implorò:

"Madonna mia! Digli di fermarsi".

"Parli o non parli?" rise Ahmed.

Cesare serrò forte le mascelle.

Pierre Sora vomitò un'imprecazione, si diresse verso la credenza, prese una scatola e la porse ad Alì.

"Prendi", disse. "Medicalo con questo."

Alì guardò l'etichetta e fece una smorfia di piacere. Il viso di terracotta gli si soffuse d'una luce crudele. Senza esitare, schiaffò una manciata di pepe rosso sulle ferite dell'italiano e si mise a strofinarle come un indemoniato. Le urla di Cesare furono soffocate dalla mano di Ahmed e, per la seconda volta, l'ometto svenne. Ormai era tutto sangue e sudore.

Per dieci minuti i tre algerini stettero a guardare la loro vittima: senza fiatare. Il soffio tenue che filtrava attraverso le labbra dell'italiano, li rassicurò. Non se ne era andato al creatore, il tipo. Non ancora. Avrebbe cantato. Questo solo, contava. Dopo...

Non appena Cesare rinvenne, Alì, con decisione, attaccò l'altro lato del soprabito. L'acciaio del rasoio scintillava alla luce della lampada. Il piccolo italiano gemeva. Non ne poteva più. Aveva perso tutta l'energia.

"Un momento", disse, "ora vi dico..."

Le grinte dei terracotta si chinarono avidamente.

"Comincia", l'incoraggiò Ahmed.

"La merce è da Mario, l'uomo che mi ha fatto venire a Parigi."

"La merce è da Mario", tradusse Ahmed, per i fratelli, "l'uomo che l'ha fatto venire a Parigi. L'indirizzo?" chiese ancora, in italiano. "E dov'è nascosta la merce?"

"Rue Condamine", rispose in un soffio il piccolo italiano.

"Numero? Jo lo Svedese e Tony il Lionese c'entrano?"

"Al... al... al 232", fece Cesare con sforzo. Poi aggiunse con voce che si affievoliva: "Sì, ci sono anche loro. Ma il sacco, non so dove l'ha messo Mario".

Una gioia feroce rischiarò i visi scuri. Con gli occhi, Alì interrogò il fratello maggiore.

"Non ci rimane che farlo fuori", disse Pierre. Poi cambiò parere. "No, Alì, è meglio di no. È preferibile aspettare. Se ci avesse presi in giro... Chi ci assicura che non abbia raccontato balle?"

Si riallacciò, intorno alla vita massiccia, la cintura del soprabito di cammello e concluse:
"Voi dormite qui. Domani manderò l'autista per sorvegliare questo fregnone. In ogni modo non possiamo presentarci di prepotenza da questo Mario. Non ci aprirebbe. Lasciatemi pensare. L'importante, per ora, è sapere dove sono i diamanti."
Senza degnare d'uno sguardo Cesare che gemeva, se ne andò.

9

Per la terza volta in mezz'ora, Pierre Sora si chiuse nella cabina telefonica. Come già per due volte, all'altro capo del filo il telefono suonò a vuoto. Per prudenza, insistette a lungo. Nessuno rispondeva. In casa di Mario non c'era nessuno. Pierre guardò l'orologio da polso, esitò, poi raggiunse i fratelli che consumavano al banco. In un angolo, vociava un gruppo di ubriaconi.

"Non c'è anima viva", annunciò, infilandosi tra i due. "Inutile aspettare ancora. Andiamo subito."

Tirò fuori un biglietto da mille, chiamò il cameriere, pagò le consumazioni. Poi uscirono.

Alla Fourche numerose persone aspettavano con pazienza che il cinema si aprisse. Sui cartelloni, un figuro dall'aria feroce, col cappello sugli occhi, impugnava una pistola.

Gli algerini sorrisero divertiti. Non avevano bisogno di andare al cinema, loro, per provare i fremiti che piacciono ai borghesi. Non era col sedere in una poltrona da cento franchi che sentivano i colpi di rivoltella. No. E quelli che crepavano non avevano la possibilità di partecipare a un altro film. All'ospedale o all'obitorio, andavano a riscuotere la paga, i grandi attori della malavita.

Percorsero Avenue Clichy e imboccarono Rue Condamine. Ahmed passò per primo davanti alla guardiola della portinaia. Questa, che stava pettinandosi, coi capelli rovesciati davanti agli occhi, non lo vide neanche. L'algerino salì agilmente la scala coperta da un tappeto.

Gli altri Sora presero l'ascensore. Poco dopo, si ritrovarono tutti davanti alla porta del quinto piano. Ahmed non perdeva tempo. Con una chiave era riuscito ad aprire la serratura superiore. L'altra, posta un po' più in basso, sembrava resistergli.

Voltandosi verso Pierre, mormorò:

"Sei sicuro che il fabbro non si sia sbagliato?"

Il maggiore scrollò le spalle. Come se lui non badasse ai minimi particolari...

"Non ci resta che andare a prendere un grimaldello", suggerì Alì a bassa voce.

"Taci..." borbottò Pierre.

Un grimaldello? E perché non un bazooka? Quel pazzo di Alì! Decisamente aveva il vuoto pneumatico, nel cranio. Lo si faceva collaborare a un lavoro delicato, un lavoro da eseguire con molto tatto, e tutto quel che sapeva proporre era di andare a prendere un grimaldello. Cretino!

E se non fossero riusciti, al primo tentativo, a mettere la mano sul gruzzolo? Una bella fregatura. Certo Mario avrebbe nascosto altrove le pietre se, tornando a casa, avesse trovato la porta scassinata.

"Levati", ordinò Pierre ad Ahmed.

Nonostante la sua mole, sapeva adoperare le mani con delicatezza. La chiave ubbidì al suo tocco leggero. La serratura cedette. Il maggiore dei Sora girò la maniglia. La porta si aprì. Il fabbro aveva copiato a puntino i calchi di cera, questo era certo. Entrarono e richiusero con precauzione. Com'era tranquilla, la casa dell'Italiano... Che dolce tepore. Pierre Sora spazzò l'ingresso col fascio di luce di una pila.

"Non accendere", disse, fermando Alì che aveva già allungato una zampa verso l'interruttore. "La luce non deve filtrare di fuori."

Raggiunsero il salotto. Alla luce della pila, Pierre s'assicurò che le tende coprissero la finestra.

Poi accese il lampadario.

"Bisogna frugare stanza per stanza", disse. "Vi avverto prima: non buttate tutto all'aria. Bisogna rimettere le cose a posto man mano che si va avanti."

La ricerca si protrasse per tre lunghe ore. Senza frutto. Non mancava certo di nascondigli, quell'appartamento. Ma avevano voglia di cercare e tastare con le mani gli angoli più riposti! I diamanti c'erano quanto il sorriso sulla faccia di Buster Keaton.

Pierre Sora fece una smorfia di disgusto vedendo Alì rivoltare un materasso. No, senza scherzi! Quel suo fratello aveva certe fisime... Credeva forse Mario tanto ingenuo da nascondere il malloppo sotto il letto? Alì doveva proprio credersi ancora ai suoi primi colpi a Parigi. Quando svaligiavano le stanze delle cameriere. Là, sì, naturalmente, a colpo sicuro, si cercano nel materasso.

Le donne di servizio non trovano mai altro posto per nascondere i loro piccoli risparmi. Ma qui? Da un duro? Che fesso quell'Alì!

Stanco di frugare, Pierre si lasciò cadere su una poltrona. Doveva spremersi la zucca. E in fretta. Mario e le donne potevano tornare da un momento all'altro.

Macchinalmente posò lo sguardo su Alì e scorse il fratello che, chino su un mobile, si stava infilando qualcosa in tasca. Pierre balzò in piedi.

"Cos'hai lì? Su, fuori."

Alì, con uno sguardo cattivo, trasse la mano di tasca.

"Dio bono!" imprecò Pierre, afferrando un anello da quattro soldi, uno di quelli che si vincono alle fiere di periferia. "Dio bono! Che fesserie sei capace di combinare... Siamo qui per arraffare duecentocinquanta milioni e tu non trovi di meglio che sgraffignare un anellino senza valore."

Ahmed, che stava uscendo dalla stanza da bagno, tese l'orecchio verso l'ingresso.

"Tacete", sussurrò. "L'ascensore..."

"Spegnete tutto", ordinò Pierre. "Presto."

Si udì sbattere una porta sul pianerottolo e una chiave frugare nella serratura.

Una corrente d'aria sfiorò i visi dei tre Sora, appiattiti nell'ombra del salotto. Si udirono alcuni strilli, qualche risata. Poi un ticchettio di tacchi alti sul pavimento.

Ida diceva: "Te l'avevo detto che era un cliente d'oro. E tutt'altro che noioso, vero? Lo conosco. Sono stata con lui, tempo fa. Per questo l'ho passato a te. E, per di più, sgancia ricco. Non puoi dire che sia stitico, per questo."

"È un tipo originale", osservò Yvonne, scossa da una risata. "Ce n'ha di gusti balzani. Vestirsi con un ridicolo costume da marinaio che tiene in valigia..."

Rise più forte.

"Che buffo era, con quel faccione rosso, quei baffi da foca e il berretto con la scritta *Giovanna d'Arco!* Faceva morire dal ridere, quel frescone."

Per incoraggiare la debuttante, Ida si degnò di fare una risatina, ma in tono serio commentò:

"L'importante è che ti ha sganciato quindici sacchi. Il resto, piccola, sono fesserie. Ne vedrai di merli pieni di vizi..."

La stanza attigua al salotto si illuminò. Un sottile rettangolo di luce si proiettò sul tappeto. Un rumore di vetri scossi giunse all'orecchio dei Sora. Il maggiore afferrò Ahmed per il braccio.

"L'Italiano non c'è. Non vedo perché esitare. Cercheremo di far cantare le ragazze. Forse sanno dove si trovano i diamanti."

Vedendo aprirsi la porta del salotto, Yvonne sbarrò gli occhi stupefatta. Davanti ai tre figuri dai visi di terracotta che puntavano su di loro gli occhi e le canne, il bicchiere di cristallo boemo le scivolò di mano. Ida, che dava la schiena, si voltò. Gettò un breve grido subito soffocato. Con mano tremante posò sul vassoio la bottiglia di liquore.

"Che cosa..." balbettò, "che cosa volete?"

"Taci", intimò Pierre Sora. "Le domande le facciamo noi. Dov'è il tuo uomo?"

"Mario? Non lo so. Forse da Fredo, a giocare. Perché?"

L'informazione le era sfuggita per la sorpresa. Aggiunse subito:

"A meno che non sia partito. È possibile. Non mi dice mai dove va".

Aveva riconosciuto i tre Sora, che aveva già visto qualche volta. Che diavolo ci facevano lì?

"Dove sono i diamanti?" arrischiò il maggiore degli algerini.

Ida fece un viso stupefatto.

"I diamanti? Quali diamanti? Non so niente, io. Di che parlate?"

"Ti informeremo noi", disse Pierre, con ironia. "Lo scasso da Barier... Non sei al corrente?"

Ida scrollò la massa folta di capelli.

"No..."

"Eppure", proseguì l'altro, ricacciandosi in tasca la pistola, "Mario, Cesare, lo Svedese e Tony sono usciti tutti insieme."

La donna di Mario alzò una mano a conferma della sua ignoranza.

"Non cercare di prenderci in giro", gridò Pierre. "So tutto, Cesare ci ha informati. L'abbiamo prelevato ieri sera..."

Il cervello di Ida funzionava a tutto gas. Cominciava a capire, finalmente. La sera prima, lo Sten, il soprabito di Mario gettato in fretta sul tavolo, la presenza di Tony e di Jo a quell'ora tarda.

E poi l'amico di Mario venuto da Milano. Barier, dunque? Non avevano scherzato, Mario e i suoi amici. I giornali parlavano di duecentocinquanta milioni! E tutto quel po' di roba si trovava lì, da lei? Doveva esser proprio così, se lo dicevano gli algerini. La scomparsa di Cesare dal giorno prima si poteva spiegare, adesso. Era rimasto nelle grinfie dei tre terracotta, per tutto il tempo. E doveva essersi sbottonato... Come mai, se no, i Sora si trovavano lì?

"Non so niente", ripeté. "Se credete che Mario mi racconti tutto quel che fa..."

Ahmed le mollò uno schiaffo.

"Dov'è nascosta la merce?" ringhiò. "Ce lo dirai, schifosa."

"Sporco algerino", mugolò Ida soffregandosi la guancia. "Se credi che io..."

Ahmed le frustò la faccia con un tovagliolo che si trovò a portata di mano.

"Dov'è la merce?" ripeté.

La colpì di nuovo.

Alì afferrò il fratello per un braccio.

"Aspetta."

Con gli occhi neri, squadrò Yvonne che, in gonna e reggiseno, batteva i denti.

"Tu, ragazzina, avvicinati un po'."

Quando la donna gli fu accanto, la prese per un polso.

"Allora, bambolina, forse tu sai dov'è quel che cerchiamo."

"No... no... nossignore", balbettò la seconda donna di Mario.

"Sì... sì... sì...", scimmiottò Alì. "Sbrigati a dircelo, bambolina, sbrigati..."

Così dicendo, cominciò ad accarezzarle la spalla. Al contatto di quella pelle bianca, un lampo balenò negli occhi del drogato. Carnosetta, la pupa. Proprio come piacevano a lui.

"Allora?"

"Ma signore..." si ribellò Yvonne, tremante.

Alì diede uno strattone a un nastro. Il nastro si ruppe. Un seno balzò fuori, tondo tondo, provocante. L'algerino ci affondò le unghie. Pierre fece un passo avanti, poi scrollò le spalle. Dopotutto...

"Dunque, pupa", riprese Alì. "Non vuoi dirlo?"

Afferrò il seno, a piene mani questa volta.

Yvonne si tirò indietro, con un gemito.

Alì le fu di nuovo vicino. Se l'appiattì contro. Solo quella carne vellutata, inebriante, null'altro esisteva... Yvonne, livida di paura, non reagì. Se quello si chiamava fare all'amore... Con dita febbrili, Alì lacerò un velo rosa. Ansimava. Con uno sgambetto, fece cadere la seconda donna di Mario là sul tappeto, davanti a tutti.

Eccitato da quello spettacolo e vedendo che Pierre lasciava fare, Ahmed protese le grinfie verso Ida. All'orientale, se la sarebbe fatta. Tanto per tirarle giù le arie.

"Non toccarla", intervenne Pierre. "Lei no. Ne abbiamo bisogno. Capito?"

Col solo sguardo, tenne il fratello a distanza. Ahmed indietreggiò, con le labbra tirate sui denti aguzzi, borbottando.

"Ora telefona al tuo uomo", ordinò il Sora maggiore a Ida. "Digli che venga qui, che la sua presenza è necessaria. Insomma, inventa le balle che vuoi ma fallo venir qui. Capito?"

"Dove volete che lo peschi?" gemette lei. "Se vi dico che... Vi assicuro..."

Si interruppe e abbassò lo sguardo. Per terra, vicino alla tavola vide due corpi: Ahmed, che aveva preso il posto di Alì, ansimava con le tempie bagnate di sudore. Il cappello gli era rotolato sotto una sedia. Con un grido di trionfo, l'algerino si rialzò. Con aria indifferente, Pierre Sora scavalcò il corpo di Yvonne, prese una guida telefonica e la gettò sulla tavola.

La ragazza non lo vide, non si mosse. Per lo spavento era svenuta. Non aveva il cuore molto a posto, la piccola.

Pierre indicò il volume a Ida.

"Cerca il numero di Fredo. Chiama il tuo uomo."

"Ma se vi dico che è in viaggio..."

Alì stava già sfogliando il catalogo.

"Ci siamo", gridò esultante. "TRI 9000."

"Bene", borbottò Pierre Sora scrutando Ida con occhio diffidente. "Su, piccola, chiedi del tuo ganzo. E niente scherzi, eh? Ascolterò anch'io."

Condusse Ida al telefono, in un angolo della stanza. Passando davanti ad Alì, gli fece un cenno. Il giovane tirò fuori di tasca il rasoio e l'aprì.

"Pronto", balbettò Ida con voce debole, terrorizzata dalla lama che le sfiorava la gola. "Pronto. Signor Fredo?... C'è Mario?... Sì, chiamatemelo... Sono sua moglie."

Oh, Dio, pensava. *Se lo faccio venire lo accoppano. E se svelassi il nascondiglio...*

Benché il suo uomo non gliel'avesse detto, intuiva dove dovevano essere nascosti i diamanti. Certo li aveva messi nel cavo dietro alla credenza, un rettangolo, invisibile a occhio nudo, ritagliato nel pannello di legno che copriva la parete. Non erano nascoste lì le armi, le carte d'identità e i passaporti falsi e una quantità di altre cose che un duro, nell'eventualità di doversi sottrarre, da un momento all'altro, a un mandato di cattura, deve sempre tenersi a portata di mano?

Ma se lei spiattellava tutto agli algerini, Mario non gliel'avrebbe perdonata mai.

"Pronto! Mario?" disse, riconoscendo la voce dell'uomo che amava. "Ho bisogno di..."

"Come va, tesoro?" l'interruppe la voce all'altro capo del filo. "Stasera sono in forma. Ho già guadagnato quasi trecento sacchi. E tu cos'hai? Cosa vuoi? Mi sembri strana. Qualcosa non va?"

Alì premette leggermente il rasoio.

Al contatto dell'acciaio freddo sul collo, la donna si sentì accapponare la pelle.

"Sì... Non sto tanto bene. Se vieni subito, ti..."

Chiuse gli occhi. L'immagine di Mario, insanguinato, torturato dagli algerini, le si parò davanti agli occhi. Lo conosceva, il suo uomo. Sapeva che avrebbe preferito crepare piuttosto che cedere. E anche se avesse parlato, non se la sarebbe cavata. Quei terracotta...

"Va bene", decise Mario dall'altro capo del filo. "Vengo subito. Mi faccio pagare e..."

Ida riaprì gli occhi. I tratti le si irrigidirono. Si scostò dal rasoio quanto più potè e si mise a gridare nel microfono:

"Non venire, Mario, ci sono i Sora qui. La gioielleria... Cesare vi ha tr... Ah!.. Ah!.. Ah!.."

Con uno scatto del polso, Alì le aveva tagliato la gola. Un fiotto di sangue macchiò di rosso il nero dell'apparecchio.

"Pronto! Pronto! Ida!" gridava Mario. "Pronto! Pronto! Ida!..."

Pierre Sora, tremante di rabbia, troncò la comunicazione.

"Questa schifosa! Tagliamo subito la corda! Presto. L'altro piomberà qui con rinforzi. Andiamo..."

Tutti e tre si precipitarono verso l'uscita. Erano sul pianerottolo quando Ahmed tornò sui suoi passi.

"Vi raggiungo subito", disse, impugnando la rivoltella.

Fu una cosa rapida.

I due Sora udirono una, due esplosioni soffocate. Poi il fratello li raggiunse in fondo alla scala. Uscirono in strada e si persero nella notte.

10

“Su, da brava, Dorotea”, rimproverò Tony, chino sulla gabbia dei suoi uccellini. “Non vuoi smetterla di maltrattare il tuo ganzo?”

Poi aggiunse sorridendo al canarino più grosso:

“E tu, pezzo di borghese, non sei capace di risponderle per le rime?”

Per calmare gli uccelli, coprì la gabbia con una tela scura.

“Bisogna andare a nanna, bambini. È tardi...”

A conferma di quelle parole, una pendola riempì la stanza di echi con dodici lunghi colpi.

Il Lionese tornò al divano.

Non aveva messo il naso fuori di casa per tutta la giornata. Una noiosa febbre lo abbatteva. Con la caduta delle foglie... Aveva la schiena tutta segnata dalle coppette che Louise, la moglie dello Svedese, gli aveva applicato. Al mattino, poiché non si sentiva affatto bene, Tony le aveva telefonato. Il suo uomo era in viaggio e lei era venuta lì, con il bambino. Se ne era andata solo la sera. Con che sveltezza aveva trasformato la stanza! Aveva rifiutato l’aiuto della donna di servizio e si era messa a fare tutto con le sue mani. Adesso la casa era uno splendore.

Passando dal mercato, aveva comperato delle rose che ora si aprivano in un vaso. In cucina si sentiva ancora il profumo dello stupendo brodo che aveva preparato. Lo sguardo di Tony cadde su una mensola. L'uomo sorrise, non scorgendovi più il suo bel vaso cinese. L'aveva rotto il figlioccio, quel pomeriggio. Caro diavoletto. Fortunatamente Louise non s'era accorta di nulla...

Si piegò per terra, fece scivolare il braccio sotto il divano per recuperare i cocci. Li aveva nascosti là sotto, in fretta e furia, lui stesso.

"Devo comperare un'automobilina elettrica al piccolo", fantasticò.

Stava per andare a buttare via i resti del vasetto, quando il campanello d'ingresso squillò, seguito da un segnale che solo due o tre amici conoscevano.

"Toh", si meravigliò. "Jo è già di ritorno? Non è possibile, dovrebbe essere ancora a Londra."

Ripose i cocci, aprì un cassetto e, impugnando la P 38 del Bordolese, si diresse alla porta.

"Chi è?" domandò.

Per evitare di venire crivellato attraverso il battente, si appiattì contro il muro. Mica era scemo, Tony. Non sarebbe stata la prima volta che un tizio si fa imbottire di piombo attraverso una porta. Non mancavano certo, quelli che gli avrebbero fatto volentieri la festa in quel modo...

"Sono Mario", rispose una voce dal pianerottolo. "Apri, Tony. Fa' presto. Sono io... Mario."

Riconoscendo la voce dell'Italiano il Lionese ubbidì.

"Che cosa ti è successo?"

Davanti al viso disfatto dell'amico, Tony si aspettò la bomba.

"I fratelli Sora... Sono a casa mia... e..."

"E... che cosa?" incalzò Tony.

"Ida mi ha telefonato da Fredo. Ha cominciato col chiedermi di tornare a casa, poi ha gridato: 'Non venire. Ci sono i Sora qui. La gioielleria... Cesare vi ha traditi'."

L'Italiano si passò sulla fronte la mano che tremava.

"Poi ha urlato... e urlato... E infine qualcuno ha messo giù il ricevitore. Credo che l'abbiano..."

Tony era già tornato nello studio.

"Va' a prendermi qualche compressa d'aspirina. La troverai sulla credenza vicino al fornello. L'ha portata Louise. Scioglimene tre compresse."

Quando l'Italiano riapparve, Tony aveva quasi finito di vestirsi.

"Lo Sten..." disse, afferrando il bicchiere.

Poi, ricordando che, la sera del colpo, aveva lasciato il mitra da Mario, aggiunse subito:

"C'è un Thompson nell'armadio, sotto i lenzuoli".

Vuotò il bicchiere d'aspirina, si calcò in testa uno Stetson blu e, senza uno sguardo di nostalgia al tiepido divano, precedette l'amico.

La decappottabile di Mario attraversò come un bolide il boulevard Magenta, risalì il Barbès, tagliò le piazze d'Anvers, Pigalle, Blanche, Clichy e, poco dopo, con uno stridore di freni, si fermò in Rue Condamine. Mario dovette sgambare per raggiungere il Lionese che era saltato dalla macchina ancora in corsa.

Ahmed non aveva richiuso la porta dell'appartamento di Mario. Nessuno dei vicini s'era accorto di nulla. Se avevano udito i due spari li avevano certo confusi col rumore del turacciolo di una bottiglia di champagne. Con un inquilino come Mario, a divertimenti simili dovevano ormai averci fatta l'abitudine.

Nella stanza attigua al salotto la luce era ancora accesa. Tony entrò per primo.

"Santo Dio!"

Per quanto incallito, lo spettacolo che gli si presentava davanti agli occhi gli torse le viscere. Yvonne era lì, stesa sul tappeto, con la gonna rialzata, esattamente dove l'avevano lasciata i due algerini. I due colpi di rivoltella se li era beccati lei. Il sangue le schiumava sul petto, intorno a un foro. Uno spettacolo rivoltante.

Ida era ai piedi del mobile del telefono. Quel che aveva visto col suo ultimo sguardo le era rimasto impresso negli occhi grandi, sbarrati. Il viso, le mani, tutto quel che di lei si poteva vedere, dava l'impressione della cera fusa. Non c'era più una goccia di sangue nel corpo della donna di Mario. Era uscito tutto. E lei vi era immersa.

La stanza sapeva di mattatoio, c'era una puzza da vomitare.

"Santo Dio!" ripeté il Lionese con voce cupa. "Banda di fottuti!"

Mario entrò a sua volta. Davanti al cadavere della sua donna rimase lì, col capo reclinato e le braccia inerti. Da una mano gli pendeva il Thompson. Non una parola pronunciò l'Italiano, non una. Non riusciva a convincersi. Tanta vigliaccheria.

Tony, che si era inginocchiato accanto a Yvonne, si rialzò, si spolverò macchinalmente i pantaloni. La seconda donna di Mario non aveva più bisogno di darsi da fare per attirare i merli. Ahmed, con le due pallottole, l'aveva mandata all'altro mondo. E non doveva essere morta da molto tempo, perché aveva la pelle ancor tiepida, dolce, come se fosse appena uscita dal letto.

"Dobbiamo andarcene", disse Tony, afferrando Mario per un braccio. "Non possiamo rimanere. Prima, però, guarda se non hanno portato via il sacco."

“Il sacco?” mormorò Mario con aria svanita.

“Sì, i diamanti”, precisò Tony, costringendo l’amico a distogliere gli occhi da Ida.

“Ah, sì, i diamanti”, ripeté l’Italiano macchinalmente.

“In nome di Dio”, imprecò Tony. “Svegliati, figliolo. Non dobbiamo fargliela passare liscia, ai Sora.”

Udendo nominare i Sora, Mario ebbe un sussulto, si scosse e ringhiò, tra i denti:

“I Sora? Aspetta che gli metta le mani addosso, aspetta...” Si asciugò, col dorso della manica, la fronte madida di sudore freddo.

“... Andiamocene, vuoi?” riprese a denti stretti.

“Va bene”, fece Tony. “Però non dimentichiamo il malloppo.”

“Giusto”, sospirò Mario, con la mente altrove. “Non dimentichiamo il malloppo.”

Depose il Thompson, corse verso la credenza, la spostò e si infilò nello spazio vuoto. Quando riapparve, aveva il sacco in mano. Se Ida avesse potuto vedere lo sguardo che il suo uomo le diede, sarebbe stata felice per l’eternità.

Pur non avendole detto niente del colpo, Mario sapeva che la donna conosceva il nascondiglio in cui finiva tutto ciò che doveva sparire dalla circolazione. Quindi, se lei avesse cantato per sottrarsi alle grinfie dei terracotta...

“In marcia”, disse Tony. “Depositeremo la merce da Louise.”

Mario si lasciò sfuggire un gesto come per dire che, per lui, tutto questo non aveva più importanza. Quel che contava erano i Sora...

La vendetta.

La donna dello Svedese non fece domande quando Tony la svegliò. Il volto del Lionese, marcato da una fredda decisione, non invitava alle chiacchiere.

"Va bene", si limitò a dire. "Le terrò il sacco, Tony. Però deve avere più cura di se stesso", aggiunse vedendo i lineamenti tesi e gli zigomi arrossati. "Non è prudente uscire dopo aver fatto le coppette."

"Non preoccuparti, cara. Arrivederci."

Lei lo guardò scendere, sospirò e richiuse la porta. Questi uomini!... Il suo, soprattutto. Non aveva mai capito con precisione...

Però sapeva che non avrebbe aperto quel sacco.

"Fatto", annunciò Tony, risalendo nella decappottabile dell'Italiano. "E ora, al Cimeterre d'Or. Lasceremo il Thompson in macchina. Dà troppo nell'occhio. Sei armato?"

Senza lasciare il volante, Mario si toccò col gomito la tasca del soprabito, sformata da una gobba. A giudicare dal volume, non doveva trattarsi di una pistola a turaccioli.

L'Italiano parcheggiò la macchina davanti a una Packard ferma vicino al locale dei Sora. Uno dietro l'altro, i due uomini entrarono nel ritrovo.

La *boîte* funzionava a pieno regime: grida, risate, clamori e la solita confusione.

"Guardaroba, signori", invitò l'addetta.

Senza rispondere, la spinsero da parte. Tony, rapidamente, frugò la sala con lo sguardo. Nulla di quanto cercava. Riconobbe il gestore e un muscolo gli fremette, all'angolo di una guancia.

Sempre seguito da Mario, Tony si avvicinò al tizio.

"Salve", disse. "Possiamo fare quattro chiacchiere?"

"Certo, signori", rispose l'altro, con un sorriso leggero, forzato. "Vi ascolto."

Aveva riconosciuto il Lionese. Quella visita non gli

andava troppo a genio. Tony diede un rapido, sguardo in giro, poi disse fra i denti:

"Non qui. Preferirei..."

La tasca destra del suo soprabito si sollevò appena. Il gestore abbassò gli occhi. Aveva capito.

Li condusse al primo piano, nell'ufficio di Pierre Sora.

"Accomodatevi", disse. "Volete che vi faccia portar su... che cosa?"

"Chiudi il becco", tagliò corto il Lionese. "Dov'è il padrone?"

L'algerino allargò le braccia.

"Lo ignoro, signori. Non l'abbiamo visto, stasera."

Parlava forbito, il terracotta. Il francese doveva averlo imparato per il suo mestiere di venditore di zuppe.

"E i suoi fratelli?"

"Nemmeno loro, signori. Non ho visto nessuno dei tre, ve lo giuro. E ne sono sorpreso. Di solito..."

"Dove si trova, ora, il tuo padrone?" gettò lì il Lionese.

Il caffellatte gli lanciò uno sguardo scaltro, subito nascosto dalle lunghe ciglia.

"Come potrei saperlo... ?"

"Poche chiacchiere", consigliò Tony, mostrandogli l'artiglieria.

Con la canna puntata sull'algerino, ridacchiò:

"Se credi che siamo qui per divertirci, amico, ti sbagli".

Il gestore guardò prima uno, poi l'altro. Non invogliavano certo a ridere, quei tizi. Certe grinte da assassini, avevano...

"Forse, pensandoci bene..." disse.

"Certo che ti verrà in mente, amico", fece il Lionese. "E sbrigati, se non vuoi farci arrabbiare."

"Ebbene?" si spazientì Mario. "Sì o no?"

Anche a lui era comparso in mano un rosario. L'algerino capitolò.

"Va bene. Il signor Pierre abita al 292 di Rue Courcelles. Quarto piano, porta centrale."

Un vago sorriso mosse le labbra del Lionese.

"Grazie", disse. "E ora, in cammino, amico."

"In cammino?" si meravigliò il gestore.

"Eh, sì. Tu vieni con noi. Prenditi il soprabito. Dirai alla tribù che hai una commissione urgente da sbrigare. E non cercare di farci lo sgambetto, se no..."

Uscirono dal Cimeterre d'Or senza inciampi. La macchina puntò a tutto gas verso la casa di Pierre Sora. Incastrato tra i due duri, il gestore si schiarì la gola.

"Forse ho preso una cappellata", confessò. "Dev'essere al 124 di Rue Gérando che abita Pierre Sora."

Toh, non parlava più forbito, il terracotta!...

"Ah, sì?" fece Tony. "Capita a tutti di prendere cappellate."

E con un manrovescio, appiattì il naso all'algerino. Mario frenò bruscamente, virò su due ruote e puntò di nuovo verso Montmartre.

Davanti alla porta di Pierre Sora, Tony si mise dietro al gestore.

"Suona", ordinò.

Con la canna della pistola, diede un colpo tra le reni all'algerino. Questi ubbidì. La sua prosopopea da locale notturno era andata in fumo. Aveva creduto di fare il furbo, dando un indirizzo falso...

La porta si aprì, scoprendo Mado. Si era appena

alzata dal letto, si vedeva. La donna si fregò gli occhi e guardò il complice del suo ganzo.

"Voi qui? Come mai..."

Il resto della frase le rimase in gola.

Tony aveva spinto da parte il terracotta.

"Tu?" esclamò lei. "Tu qui?"

"Dov'è il tuo fottuto algerino?" domandò Tony, entrando deciso nell'appartamento.

Mario spinse il caffellatte davanti a sé ed entrò a sua volta. Richiuse la porta e ci si appoggiò contro col Thompson in posizione, pronto a innaffiare.

Il Lionese guardò, oltre le spalle della sua donna d'un tempo, tutte le porte. Una sola, in fondo, era socchiusa. Una lampada da comodino rischiarava un letto scomposto.

"Allora?"

"Non so che cosa vuoi da lui", disse Mado. "Però ti assicuro che Pierre non c'è."

"E va bene", fece Tony, prendendola per il braccio destro. "Fammi vedere la casa. Se hai mentito, peggio per tutti quanti."

Stanza per stanza, senza mollare la donna, visitò tutto l'appartamento, pronto a buscarsi una raffica. Un uomo col pelo sullo stomaco, Tony. Nonostante la tensione nervosa, riusciva a controllarsi perfettamente. Solo l'indice, contratto sul grilletto, fremeva nervoso.

"Neanche un topo", annunziò all'Italiano quando, insieme a Mado, tornò nell'ingresso. "Si sono certamente nascosti dopo quel che hanno combinato."

Rivolse alla ragazza uno sguardo interrogativo.

"Non sai proprio..."

"No", si affrettò a dire la sua ex. "Non so proprio dove possano essere nascosti."

"E tu?" ringhiò Mario al gestore addossato al muro, colpendolo al ventre con la canna.

Il terracotta, appiattito contro la parete, con le gambe che facevano giacomo giacomo, assunse un espressione terrorizzata.

"Attenzione", supplicò, "un colpo può partire..."

Mario lo fulminò con un'occhiata terribile. I suoi occhi, d'un nero vellutato, piacevano alle donne. In quel momento, però, avrebbero fatto venire la tremarella a un poliziotto in pieno assetto di guerra.

"Non hai che da scegliere", disse.

Le labbra gli si contrassero in un ghigno, i baffetti da primattore si rizzarono sul labbro. Indietreggiò brandendo l'arma.

"No, no", implorò il gestore, "non sparate...."

Nel silenzio si percepì uno scatto leggero. Il grilletto aveva superato il margine di sicurezza.

"Ve lo dico", ansimò l'algerino. "Ve lo dico... Il principale ha una villa a Champigny. 'I giaggioli', si chiama."

Con lo sguardo, Mario chiese il parere del Lionese.

"Va bene", disse Tony. "Andiamoci. Ci faremo accompagnare da questo citrullo. Meglio non seminarlo dietro, se no telefona..."

Si voltò verso la donna.

"Questo vale anche per te. Mettiti qualcosa addosso, presto."

La condusse in camera da letto.

"In fin dei conti, Tony, perché ce l'hai tanto coi Sora? Per causa mia?"

"Non preoccuparti", rispose lui, cupamente. "Sbrigati a vestirti."

Lei s'infilò un abito. L'uomo non batté ciglio vedendole il ventre rigato da croste purulente e i seni stretti in una benda enorme.

Nessuno dei quattro aprì bocca per tutto il percorso. Solo alle porte di Champigny, Tony, che si era messo dietro, accanto al gestore, borbottò, rivolto a quest'ultimo:

"Ora tocca a te. Bada di non imbrogliare, amico. Non te lo consiglio".

Seguendo le indicazioni del caffellatte, Mario, cinque minuti dopo, fermava la Salmson davanti alla baracca di Pierre Sora. Da una casa vicina, un cane lanciò qualche latrato rabbioso. In lontananza un suo simile gli fece eco. Grosse nuvole nere strisciavano sui tetti delle case. Nessuna luce filtrava dalle finestre. A quell'ora tarda, senza dubbio gli abitanti dormivano tutti il sonno del giusto.

Tony si avvicinò al cancello e si frugò nelle tasche. Per uno scassinatore come lui, era un gioco da bambini, quella serratura. La titillò un poco con una chiave falsa e quella cedette.

Il Lionese tornò verso la macchina.

"Allora?" domandò Mario senza staccare gli occhi dal gestore e da Mado.

"Tutto a posto", rispose Tony. "Solo che..."

Il suo pugno, appesantito dalla P 38, fendette l'oscurità. L'uomo di Pierre Sora crollò ai piedi di Mado. Istintivamente la donna indietreggiò.

"Oh, Dio!" gemette, portandosi una mano alla bocca.

Batteva i denti dalla paura. Sentiva pesare su di lei lo sguardo indeciso del suo uomo d'un tempo.

"Non griderò, Tony, non griderò! Non farmi male. Starò buona buona, te lo giuro."

Prese coraggio e arrivò persino a toccarlo.

"Prima, Tony, non picchiavi mai le donne. Sei proprio tanto cambiato?"

"E i Sora?" sibilò l'Italiano. "Ci mettono tanto, loro, a malmenare le donne? Mi hanno ammazzato la mia, quei fottuti... E anche la ragazza..."

Il viso di Mado si riempì d'orrore. Spalancò gli occhi, spaventata.

"Oh, Tony! È vero quel che dice il tuo amico? Oh... che porci!"

Quel grido le era salito dal cuore. Lo si sentiva.

"Be'", fece il Lionese di malavoglia. "Risali in macchina e non muoverti, qualunque cosa accada."

Stava per allontanarsi, ma la donna lo trattenne per un braccio.

"Sta' in guardia", gli disse. "Non so se Pierre e i suoi fratelli sono qui, ma sono sicura che qualcuno c'è. Ieri mattina Pierre ha dato degli ordini per telefono all'autista."

"Grazie", fece Tony.

E aggiunse subito con tono divertito ma asciutto:

"Credevo che tu non sapessi nulla del rifugio del tuo terracotta..."

Senza aspettare spiegazioni, scrollò le spalle e sparì nel viale dove Mario l'aspettava impaziente.

Girarono intorno alla villa ma non udirono alcun rumore. Nel retro, il Lionese scorse una finestra a ghigliottina. La raggiunse, si sedette sul davanzale e cominciò ad armeggiare in silenzio. Qualche minuto dopo, si sporse verso il basso.

"Ci siamo, Mario."

Tutt'e due si infilarono nella cucina, zeppa di mobili laccati in giallo crema. Non ci si doveva stare male, a cucinare, là dentro. Pareva una clinica. Senza rumore, cominciarono a perlustrare le stanze attigue. Niente. Erano già alla quarta stanza e Tony si accingeva ad aprire la porta, quando udirono un gemito. Di colpo si immobilizzarono.

"C'è qualcuno", sussurrò Tony a Mario, in un orecchio.

Gli prese il mitra dalle mani.

"Pronto?"

Smisero di giocare ai fantasmi. Il Lionese, Thompson al fianco, spalancò la porta con un calcio. Mario, con una minuscola pila, cercò l'interruttore. S'udì un grugnito... lo scatto della sicura di una pistola... Un lampo squarciò l'oscurità. Tony aveva scaricato l'artiglieria a lume di naso. Un grido. Il rumore di un corpo che cade. Con un balzo, Mario s'appiattì contro la parete e allungò una mano. La luce inondò la stanza. Vicino al divano, pancia a terra, c'era un terracotta. Dalla bocca gli colava sangue. In un angolo, legato come un salame e steso sul pavimento, il piccolo Cesare li guardava con occhi vitrei. Non aveva un aspetto affascinante, l'ometto. Il sangue gli si era coagulato sulle ferite. Stracci sporchi gli avviluppavano i piedi.

Mario si precipitò su di lui, sacramentando, trasse di tasca un coltello e tagliò le corde che immobilizzavano il compare.

"C'è qualcun altro in questa casa?" domandò concitato, in italiano.

Col viso tumefatto, Cesare fece stancamente un cenno negativo. Nessuno.

"Sicuro?"

Cesare scosse la testa.

Mario dovette portarlo a braccia per installarlo in una poltrona. Il piccolo italiano non poteva più camminare.

"Chiedigli come mai i Sora sapevano che lui c'entrava nel colpo dai Barier", disse Tony.

Mario tradusse la domanda. Man mano che ascoltava la risposta, lo stupore gli alterava il viso. E quando il piccoletto, non reggendo più, abbandonò il mento sul soprabito lacero, sporco di sangue e di vomito, Mario distolse gli occhi.

"Dunque?" fece il Lionese.

Accanto al divano, l'autista di Pierre Sora rantolò, sfregò convulsamente un tallone contro il pavimento. Poi s'irrigidì.

"Dunque?" ripetè Tony.

Mario si voltò verso di lui.

"Bisogna compatirlo", cominciò a dire. "S'è preso una cotta per la cantante del Rêve Bleu e..."

"E...?"

Mario chinò il capo, si morse l'unghia del pollice.

"... E le ha fatto un regalo... Un anello che aveva preso dalla cassaforte senza dire niente."

"E i Sora come l'hanno saputo?"

"La donna sta insieme a uno di loro", spiegò Mario.

"Perciò tutto è cominciato da questo. Devi riconoscere che il tuo amico..."

Con le dita accarezzò la canna del Thompson.

"Tony!" supplicò Mario.

A quel grido, il piccolo Cesare sollevò il capo. Fisicamente non valeva più un soldo. Moralmente, però...

"Lascia fare, Mario", disse stancamente. "Giusto."

A denti stretti, Mario raggiunse la porta. Si rendeva conto che Cesare aveva cantato. Si rendeva conto che l'assassinio di Ida e della ragazza era stato causato dalla fesseria del suo amico. A Milano, però, quando erano ancora mocciosi, avevano mangiato nello stesso piatto... Era duro da sopportare... Dietro di lui, il Thompson starnutì. Mario non si voltò nemmeno. Piangeva.

Senza preoccuparsi del gestore, che era ancora lì, a terra, sulla strada, i due tornarono a Parigi.

Tony fece fermare la macchina davanti a un posteggio di taxi.

"Puoi andartene, Mado", disse, aprendo la portiera. "Non ce l'ho più con te. Quello che avevo da dirti, te l'ho detto l'altra sera. Ciao."

La donna aprì la bocca... L'auto si era già allontanata.

"Depositami davanti a casa mia", disse Tony all'Italiano. "Vado a letto. Non sto più in piedi."

Accese una sigaretta, la tormentò fra le labbra per qualche secondo. Poi sospirò.

"In quanto a Cesare..."

L'accesso di tosse che lo sconvolgeva, aveva un'aria un tantino artificiale. Pareva che Tony non avesse voluto terminare la frase. Appena si calmò, riprese a parlare, saltando a un altro argomento.

"Per quello che ti riguarda, non ci sono molte soluzioni. Devi telefonare alla polizia."

"Alla polizia? No... tu non ti senti bene..."

"Non ti rimane altro da fare. Non possiamo mica prenderle, le tue donne, e buttarle in acqua. Prima o poi la Fluviale le ripescherebbe e in cinque minuti le identificherebbe. Soprattutto Ida, che è schedata. Che cosa racconteresti allora? No, credimi. Fa' come ti dico. Altrimenti sarai tu a pagare. Capisci a che cosa andresti incontro? Col *pedigree* che hai, ci rimetteresti la testa. Mentre, se sei tu a informarli, li batti in velocità. Potrai ostinarti a negare, dire che non sai nulla. Che sei tornato a casa e hai trovato le donne morte. Ecco che cosa dirai."

"Ma mi metteranno dentro."

La brace della sigaretta, tra le labbra del Lionese, divenne più viva.

"Perdiana! E che cosa t'aspetti? Che ti diano la Legione d'Onore? Certo, che ti metteranno dentro. E con questo? Con i testimoni che hai da Fredo, dovranno rendersi conto che non eri in casa quando sono state ammazzate. Ti rilasceranno. Alla peggio cercheranno di incriminarti come ruffiano... Ma con la grana e un buon avvocato, è roba da ridere."

Il Lionese tirò giù il finestrino e gettò via la cicca.

"E in questo caso me ne occuperò io. Tra due giorni sarai fuori."

11

A Victoria Station, Jo lo Svedese aspirò l'aria di Londra. 'Sto vecchio paese! Non era la prima volta che ci capitava. Gli autobus rossi con l'imperiale, la nebbia che formava un alone intorno ai fanali accesi, i piedipiatti, grandi, pieni di dignità, con i caschi a forma di uovo di pasqua, tutto gli faceva ripensare ai tempi passati, quando prima della guerra, lui e Tony si battevano a Soho contro i polacchi e i fratelli maltesi per la supremazia dei duri francesi.

Era stato in quel periodo che gli avevano appioppato il soprannome 'lo Svedese'. Lui era nato nel quartiere di Mouffetard ma, quando si batteva, cavava sempre di tasca un serramanico importato dalla Svezia: una lama affilatissima che sprizza improvvisamente fuori dall'impugnatura, pericolosa, mortale. Come la lingua di un aspide. E sapeva servirsene Jo, di quell'arnese. Non era l'unico. Nei bassifondi londinesi, le controversie si appianavano a colpi di rasoio o di coltello, di rado con la pistola. Farlo, sarebbe stato sciocco. Era troppo pericoloso vuotare il caricatore nel ventre di un concorrente. La cravatta di canapa, c'era da rischiare. In compenso, i piedipiatti non sparavano sui teppisti per un nonnulla, come negli Stati Uniti. Non erano mai armati. Un tesoro di paese, per un tipo in gamba. E se qualcuno, per disgrazia, veniva beccato, toccava alla polizia dimostrare che era colpevole, mentre in Francia bisogna dimostrare di essere innocenti. E non è una cosa facile.

Lo Svedese diede gentilmente un indirizzo all'autista e salì sul taxi. Il solo fatto di trovarsi in quella bagnarola, tanto alta e stretta, lo divertiva. Benedetti rosbif! Ci si poteva stare persino in piedi in quelle carriole fabbricate espressamente per i tizi che portavano i cilindri giganteschi, ai tempi in cui erano di moda. In quel paese d'altronde, ricchi e poveri, terminata la loro fatica quotidiana, non pensavano che a mettersi in ghingheri per andare allo spettacolo. Strani tipi...

Davanti all'Hotel Piccadilly, il taxi si fermò accanto al marciapiede. Jo scese, pagò e, reggendo la valigia, tirò la corda di un campanello. La porta si aprì. Lo Svedese avanzò lungo un vecchio corridoio e s'inerpicò per una scala dai gradini consunti. Conosceva Lione e gli pareva che le due città si rassomigliassero. Non aveva poi torto. C'era tutto: le vecchie stamberghe, la nebbia, i piccioni di Trafalgar Square... e persino lo stesso tratto d'ipocrisia negli abitanti. Al primo piano, davanti a una porta, lo aspettava una donna: una crocchia grigia annodata sul cocuzzolo, un paio d'occhiali a cavallo di un naso a punta, un viso pallido, severo, un'aria da istitutrice. Era Peggy, la domestica di Fifi la Francese. Peggy sorrise e si tirò da parte per farlo entrare.

Il gluglù d'una vasca da bagno che si svuotava giunse all'orecchio dello Svedese. Dalla stanza attigua s'udì una voce:

"Scusami, Jo. Ne ho per un minuto. Accomodati in salotto e prenditi un sorso di whisky".

Lo Svedese gettò il trench e il cappello sopra la spalliera di un divano e si sprofondò in una poltrona soffice. Sorrise a Peggy che gli stava stappando una bottiglia di Black and White. Il ghiaccio tintinnò contro il vetro quando si portò il bicchiere alle labbra. Al primo sorso, fece una smorfia. Che sapore di cimice... Ma, con un po' d'allenamento, l'intruglio comincia a piacere...

"Ebbene?" domandò una voce dietro alla poltrona. "Contento di essere qui? Tutto fila?"

Jo si voltò verso la donna di Lolo il Marsigliese.

"Tutto bene", disse alzandosi. "E tu, Fifi?"

Non era molto cambiata da quando l'aveva vista l'ultima volta. Eppure, erano passati sette anni. Lei gli rivolse un sorriso da brava figliola.

"Benino", rispose. "Ma non si ringiovanisce mica, vero, Jo?"

"Parola mia..."

"Lolo mi ha telefonato per avvertirmi che arrivavi. Peggy ti ha preparato la stanza. Ci starai più tranquillo che in albergo."

"Grazie", si limitò a rispondere lui.

Era meglio rimanere nell'appartamento di Fifi. Avrebbe dato meno nell'occhio che in albergo e non ci sarebbe stato pericolo di dover rispondere a domande imbarazzanti. La donna gli offriva ospitalità. Era giusto. Anche lui avrebbe fatto lo stesso.

Tra i duri d'anteguerra continuava a esistere la vera solidarietà di setta. In qualunque paese del mondo, in qualunque angolo, bastava approdare con buone credenziali e si era sicuri di poterci contare.

"Ti ho portato qualche fumarola", disse Jo aprendo la valigia. E, porgendole le sigarette, aggiunse: "Comperate in Place Clichy".

Lei prese i pacchetti di Gauloises, le fiutò ed esclamò:

"Ah, la vecchia Parigi! A forza di fumare la paglia di qui, mi è venuta una tosse che non finisce più".

Ne accese una, aspirò voluttuosamente e s'informò:

"È molto che non vedi Lolo?"

"No", rispose il giovane.

Seguì con lo sguardo Peggy che usciva dalla stanza portando la valigia.

"Abbiamo bevuto un cicchetto insieme, ieri."

"Sta bene?"

"Sì. Spera di fare un salto qui, a trovarti, uno di questi giorni."

"Il fatto è che si annoierebbe", rise Fifi. Ma aggiunse subito: "Ah, quel benedett'uomo! Se non andassi io, di tanto in tanto, a Parigi... Quando penso che mi sono sorbita quattro anni di guerra qui, con tutti i bombardamenti... E la prima parola che m'ha detto quando m'ha rivista è stata: 'Come va, stella?'"

Fifi scoppiò a ridere.

"Parola mia, sembrava che ci fossimo lasciati il giorno prima."

Si passò le dita indiamantate sulla chioma rossa. Una luce tenera le illuminò gli occhi verdi.

"Dio!" esclamò. "Che cattivo sangue mi sono fatta per lui, in quei quattro anni. Con tutti quei Fritz che c'erano in Francia, non dormivo più. Avevo paura che ne combinasse qualcuna con i tedeschi e che si facesse impiombare da cretino."

Con gesto svelto, versò di nuovo da bere allo Svedese e pensò anche a se stessa. I movimenti le misero in risalto le linee. Benché avesse già passato i trentotto, s'era conservata mica male. Il tailleur nero, la camicetta di pizzo le stavano benissimo. Le scarpe di vernice coi tacchi alti le accentuavano la curva snella delle caviglie.

"E tu, Jo?" domandò. "Ho sentito che hai un bambino. È vero? Come l'avete chiamato?"

"Tonio."

Da sopra l'orlo del bicchiere, lei lo guardò divertita.

"Tonio, eh? Tony, come il vecchio Lionese. Ho saputo che è di nuovo fuori. Cinque annetti si era buscato, vero?"

"Sì. E l'hanno rovinato, quei cinque anni, lo hanno rovinato."

"Che cos'ha?"

"Tibicì."

"Porca... Povero Tony. Portagli un salutino da parte mia, Jo."

Nella stanza vicina squillò il telefono. Fifi si voltò verso Peggy che, dal vano della porta, le faceva segno.

"Scusami, Jo."

Quando tornò, sorrideva allegramente.

"Mi rincresce, Jo. Sta per arrivare uno dei miei migliori clienti. E io, che contavo di cenare con te, stasera... In ogni modo, Peggy ti servirà in camera tua."

"Non preoccuparti, Fifi", disse lo Svedese. "Capita a proposito. Ho un appuntamento al Tivoli per le otto. Dopo andrò a rifarmi un po' le ossa a Soho. Forse andrò a mangiare da Berlemond o in qualche altro posto. Non darti pensiero, in tutti i casi. M'arrangerò."

Accese una sigaretta e riprese, strizzando un occhio:

"Gli affari prosperano, a quanto vedo. Sempre donnaioli, i rosbif?"

"Be'", sospirò la donna di Lolo. "Non posso lamentarmi. In genere mi sono fedeli, i miei clienti. Quello che deve venire è uno dei migliori. È imbottito di grana. Un tipo molto in vista, a quanto sembra. Un professorone o qualcosa del genere."

Scosse il capo e alzò gli occhi al soffitto.

"Vuole le raffinatezze, come quasi tutti gli altri."

"E i maltesi? Sono ancora in giro?"

"Sì", rispose. "Sono loro che imperano adesso. Ognuno ha cinque o sei donne. A me, mi lasciano in pace. Non gli vado mai tra i piedi. Ci sono altre, però..."

"Ne ho sentito parlare", disse lo Svedese. "A quanto si dice in Francia, ne hanno mandate allo sbaraglio parecchie, di puttane."

Nel dopoguerra, i cinque maltesi avevano messo mano sulle prostitute della città, dove spadroneggiavano. Durante la notte, dopo l'orario di marciapiede, andavano nei punti battuti a prendersi le donne e se le caricavano nella Rolls-Royce come in un autobus. E quando una sgualdrina arruffianata con un francese faceva loro ombra, mandavano una delle loro donne a darle una lezione. Non si compromettevano personalmente. Mica erano scemi. Erano le loro puttane a sistemare le altre donne: a colpi di rasoio. Come i terracotta.

I maltesi ne avevano combinate tante ai ruffiani francesi, che non potevano più andare in Francia senza prendere precauzioni. Una sera, uno di loro, appena sceso alla stazione di Saint-Lazare dalla Freccia d'Oro, era stato costretto a risalire precipitosamente sul vagone. Aveva scorto, per sua fortuna, in fondo al marciapiede vicino a un ferroviere, quattro tizi che, venuti a conoscenza del suo viaggio, lo aspettavano... per un viaggio di tutt'altro genere.

"Be', io me ne vado, Fifi", disse lo Svedese, ricacciando sotto il cappello una ciocca ribelle. "Mi farò quattro passi fino al Tivoli. Prima, però, volevo chiederti..."

"Sì, lo so, Jo. Un po' di grana? Lolo mi ha detto di passarti tutto quello che hai. Cento sterline basteranno, per stasera?"

Il duro si cacciò i bigliettoni in tasca, alla rinfusa. Non c'era bisogno di contarli. Disse:

"Buona sera, Fifi. A più tardi".

Passo passo, senza cambiare marciapiede, lo Svedese s'incamminò verso l'appuntamento. Non mancava molto alle otto. Per la strada c'erano già i tizi in smoking e le tizie in abito da sera. Il nebbione cominciava a infittire. I piedipiatti procedevano, a due a due, con passo maestoso.

Lo Svedese s'inserì nella porta girevole del Tivoli. Bel locale, accogliente, eccetera. I tendaggi, sistemati nei punti strategici, vietavano l'ingresso agli spifferi. I tappeti erano tanto spessi che ci si potevano fare i salti mortali, senza pericolo di spaccarsi l'osso del collo. Fissate alle pareti c'erano delle teste di cavalli che certamente si erano soffiati il Grand National di Liverpool o il Derby di Epsom. Le sedie imbottite, intorno ai tavoli bassi, erano occupate da individui che sprizzavano sterline da tutti i pori. Quasi tutti leggevano il *Times*, bevucchiando le bibite.

Il Levantino c'era. Era un po' appartato. Lo Svedese lo scorse subito e, dopo aver abbandonato il trench e il cappello nelle mani d'un cameriere, gli si avvicinò.

"Va tutto bene, Jo?" domandò l'altro in francese.

Era grasso e lucido: il vero tipo del possidente. Aveva i capelli a riccioli fitti, ribelli anche alla brillantina. Una perla, e non certo fasulla, gli fermava la cravatta. A un dito gli brillava un fondo di bicchiere che non avrebbe sfigurato tra i gioielli della Torre di Londra.

"Ho letto i giornali", mormorò tra i denti. "Congratulazioni."

Indicò con un gesto un quotidiano sulla tavola, accanto a un pacchetto di Player's. Era un giornale francese del mattino. Lo scasso Barier occupava la prima pagina con un titolo cubitale.

"È per questo che sono venuto", disse lo Svedese guardando una damigella che, a un tavolo vicino, si restaurava la faccia. "Quando vieni a dare uno sguardo ai vetri?"

Il Levantino aspettò che il cameriere posasse davanti a loro un secondo Martini, poi alzò una mano con gesto molle e untuoso.

"Non tanto presto, Jo. Quest'affare, per trattarlo, lo tratteremo. Ma prima devo vedere il principale. Adesso è ad Amsterdam. Tornerà fra due o tre giorni. Non posso prendere una decisione da solo. Si tratta di un colpo troppo grosso. Un trasferimento di capitali non indifferente. Più di cento milioni. Perciò abbi un po' di pazienza. Non appena avrò parlato col principale, parto con te in aereo. Verrò a stimare la merce. È solo questione di tempo, no? Non bisogna mai aver fretta, lo sai."

Il Levantino accese una Player's.

"Vuoi che fissiamo un appuntamento per la fine della settimana? Verso le cinque, al dancing Piccadilly, per esempio. Ti comunicherò le decisioni del vecchio. Va bene?"

"Va bene. Visto che non è possibile prima..." borbottò lo Svedese. "D'accordo così."

Terminò la bibita e, con un gesto, chiamò il cameriere. Il Levantino allungò una mano.

"Lascia, Jo", disse. "Tocca a me. Ceniamo insieme? Conosco un posticino dietro Dean Street... Mi dirai che te ne pare..."

"No, grazie", rispose lo Svedese alzandosi. "Mi aspettano."

E con una stretta di mano si eclissò.

Non gli piaceva farsi vedere col Levantino. In affari, di lui, non c'era niente da dire. Stava alle regole. Ma, per il resto, era stomachevole. Si vedeva troppo che aveva il portafoglio zeppo. Allo Svedese, questo genere di individui non piaceva. E poi, preferiva rimanere solo, a gironzolare per Soho. Per ricordare i tempi passati.

Prese al volo un taxi e si fece condurre da Berlemond. Sapeva di Francia, la bettola! A darle l'atmosfera, c'erano, lungo le pareti, interminabili ripiani sui cui si allineavano file di bottiglie polverose. E, davanti agli scaffali, un mucchio di teppisti e di sgualdrine parlottavano dei loro affari. Sopra al banco, un fottio di ritratti appesi, appiccicati, inseriti l'uno sotto l'altro: dive del cinema e pugili francesi.

Lo Svedese appoggiò i gomiti sul banco e chiese un Pernod. Qualcuno gli toccò la spalla. Guardò nello specchio, riconobbe la nuova arrivata e si voltò verso Yvette la Bretone.

"Toh, guarda!" esclamò. "Come stai, piccola? Sei ancora londinese?"

Lei gli strinse la mano affettuosamente.

"Non c'è male, Jo. Eccoti tra noi. Per molto?"

Lo Svedese scrollò le spalle.

"Non lo so ancora. Sono venuto a fare un giretto nel vecchio Soho. E tu, Yvette? Sei fedele al quartiere?"

"Come vedi, Jo", rispose la donna con un impercettibile sorriso.

Jo le guardò gli abiti, la vecchia sporta che teneva sul braccio.

"Cosa significa questo, Yvette?" le domandò, inquieto, puntando il dito sulla borsa delle provviste.

Lei lo fissò con gli occhi da alcolizzata.

“Proprio quello che pensi, Jo”, rispose. “Faccio la serva adesso. Non mi sento più di andare a caccia di merli... E per chi lo farei, dopotutto?”

Lo Svedese scosse il capo. Aveva capito.

Luigi il Pallido, amico suo e uomo di Yvette, due anni prima, a Marsiglia, era stato mandato al creatore. E il peggio era che ce l’avevano mandato per sbaglio. La sventagliata di pallottole, partita da una macchina, non era destinata a lui. Gli assassini avevano preso un granchio. Cosa che non aveva impedito a Luigi il Pallido di prendersi in pieno la scarica di piombo. Ed era crepato. Yvette era insieme a lui da più di vent’anni. E, dal momento in cui aveva saputo che il suo uomo era morto...

Quando, alle sei del mattino, lo Svedese tornò nell’appartamento di Fifi, aveva mal di testa. Da buoni amici s’erano sbronzati, lui e Yvette. Il duro non aveva più un quattrino in saccoccia. Delle cento sterline, tutto quel che non aveva speso durante la serata, l’aveva infilato, senza far mostra di nulla, nella sporta di Yvette.

Lo Svedese fu puntuale all’appuntamento col Levantino. Si era sbarbato dal figaro dell’Hotel Piccadilly ed era entrato nel dancing.

Il ricettatore l’aspettava, seduto a un tavolo sul margine della pista. Accanto alla sua tazza di tè, c’era un giornale di Parigi. Ce n’era di folla, nel locale. Tutti cerimoniosi, i rosbif ballavano senza strusciarsi troppo. Lo Svedese alzò un sopracciglio scorgendo uno dei maltesi. Neanche lui si strusciava, il ruffiano. Stava alle regole. Benché fosse uno dei più vecchi della sua famiglia e fosse ormai andato in piazza, faceva ancora la sua figura. In ghingheri come un milord, era! La femmina che teneva tra le braccia sorrideva alle sue chiacchiere. Cercava forse di rimpolparsi il gregge, l'uomo.

Anche lui riconobbe lo Svedese. Un'ombra di sorriso gli vagò sulle labbra carnose. Jo restituì la smorfia. Non avevano nulla da dirsi. Nessun interesse in comune. Non erano neanche della stessa razza: uno era ruffiano, l'altro scassinatore. Tuttavia, se al posto degli occhi avessero avuto rivoltelle, sarebbero rimasti stecchiti tutti e due. Eppure, da quanti anni, ormai, non si erano più visti, non si erano più scontrati?

"Dunque", fece lo Svedese prendendo posto accanto al Levantino. "Che c'è di nuovo? E il tuo principale?"

"L'affare si concluderà. Voleva essere sicuro che è stata la tua banda a fare il colpo. Adesso sta provvedendo a mettere insieme la grana per trasferirla a Parigi."

"Quando si parte?"

"Domani, salvo contrordine."

Il rappresentante del capo ricettatore, un capo che nessuno conosceva e nessuno avrebbe mai conosciuto, vuotò la tazza di tè e la posò sul tavolo.

"Sia ben chiaro che discuteremo il prezzo quando avrò visto la merce."

Lo Svedese sospirò. Immaginava le discussioni che ci sarebbero state. I tiremmolla degli sgrinfia sconcertano i duri che se ne impicciano. Bastava guardare l'aria volpina, gli occhi astuti del Levantino, per capire quanto aspra sarebbe stata la discussione. Una faccia da sensale di cavalli aveva, quel tipo.

Anche il giovane si accese una fumarola. Si bagnò le labbra nel tè dove galleggiava una fetta di limone e, per caso, scorse una fotografia sul giornale. Trasalì. Aveva riconosciuto Ida. Batté ripetutamente le ciglia.

"Permetti?" fece, impadronendosi del foglio. "Cosa succede a Parigi?"

Spiegò il quotidiano. Sotto la fotografia di Ida, ce n'era un'altra: quella della seconda donna di Mario. Senza mostrare il suo interesse, scorse l'articolo. Il tizio che l'aveva scritto non s'era risparmiato. Era andato forte, eccome. Sembrava che avesse intinto la penna nel sangue delle due donne. Era verniciato di rosso, il pezzo. Le portinaie e le dattilografe non avevano speso male il prezzo del foglio. E, qua e là, l'imbrattacarte aveva dato una grattatina all'ambiente dei duri. Aveva puntato anche su Mario. Non troppo, però. Secondo lui, l'Italiano era ancora sotto interrogatorio.

Lo Svedese divenne cupo. Ne sapeva qualcosa di interrogatori. Ma dei brillanti, nell'articolo, neanche un cenno. Era una prova che gli sbirri non avevano subodorato nulla.

Facendo finta di niente, lo Svedese ripiegò il giornale. Si spremeva il cervello. Chi aveva fatto fuori le due donne? Non riusciva a capirlo. Non Mario. Questo era sicuro. E perché, poi? Come se l'Italiano fosse tanto scemo da rischiare la ghigliottina... No, ci doveva essere sotto qualcos'altro. Doveva saperlo. E presto. Meglio tornare a Parigi. Non era il caso di telefonare o di scrivere. La linea poteva essere controllata e la lettera andare smarrita. I poliziotti volevano proprio quello. Furbi, loro. Una conversazione telefonica, un pezzo di carta lasciato in giro, e ti scoprivano una banda e la mettevano dentro.

Con occhi pensosi, Jo osservava le coppie che ballavano.

"Ci ho riflettuto", disse. "Io riparto stasera. Devo

vedere i miei soci. Raggiungimi domani. Appena arrivi, dammi un colpo di telefono da Fredo."

"Come vuoi."

Il Levantino, mettendo in mostra l'enorme brillante che aveva al dito, cercava di sedurre una tizia seduta poco lontano.

Non si stupì per l'improvvisa decisione dell'altro. Ne aveva viste, lui...

Lo stropiccio dei piedi sulla pista lucida accompagnò lo Svedese fino alla porta.

12

Decine di macchine stazionavano nei pressi dell'obitorio. Sui marciapiedi, una folla di duri e di puttane aspettavano l'uscita delle salme. L'Italiano era stimato nel suo ambiente. Le corone s'ammucchiavano come ai funerali di un pezzo grosso. Ci si sarebbe potuto fare la villetta in campagna coi quattrini che erano costate.

L'impettito maestro delle cerimonie dell'impresa di pompe funebri aveva un costume di prim'ordine. I suoi galloni erano così dorati che davano fastidio agli occhi. Dal collo gli pendeva una mastodontica catena d'argento. Segno che si trattava di un funerale di gente ricca.

Doveva aver sganciato parecchio, Mario.

Ogni tanto, una passeggiatrice entrava nell'edificio sulla Senna. E, poco dopo, ne usciva piangendo. A gruppi di cinque o sei, i ruffiani, in fila indiana, cappello in mano, andavano a dare un ultimo sguardo alle donne dell'Italiano. Mario, c'era anche lui, accanto alla bara della sua Ida. I poliziotti l'avevano rilasciato. Per due giorni e due notti l'avevano strapazzato. Senza ottenere nulla. Che cosa gli si poteva rimproverare? Mentre il suo gregge veniva decimato, lui era al poker. I testimoni avevano tenuto duro. Perciò...

Non erano cretini, gli sbirri. Lo sapevano che l'Italiano non c'entrava per nulla, in quell'affare. Solo che ci doveva pur essere una ragione, per quel massacro. E qual era questa ragione? Cercavano appunto di scoprirlo...

Anche loro, gli sbirri, c'erano. Senza dare nell'occhio, però. Osservavano i duri da lontano, facendo finta di nulla.

Per la verità, la loro presenza non disturbava la gente della malavita. Ci erano abituati, i duri. Ogni volta che uno di loro veniva fatto fuori, erano sicuri di vedersi ronzare intorno i poliziotti. Non mancavano mai. Si poteva esserne certi. Sono sempre informati su tutte le cerimonie del genere. Non certo per inviare i fiori, ma quando si pensa che qualche fregnone si lamenta della polizia...

Quanti duri in contumacia non avevano potuto partecipare ai funerali delle loro madri, delle loro donne, perché sapevano che, altrimenti, si sarebbero fatti pizzicare? Dove andavano a pescarle queste informazioni, gli sbirri?

Il grande Felix, ricercato per assassinio, era appena caduto in trappola in quel modo. E dire che da sei anni la faceva franca. Chi aveva saputo che la sua donna era morta? Nessuno. Ma i questurini sì. E l'avevano beccato, senza tanto chiasso, all'uscita del camposanto.

Con la faccia rossastra e i cappucci in mano, i necrofori apparvero sulla soglia dell'obitorio portando la cassa a spalle. A passetti, si diressero verso i furgoni. Le passeggiatrici tirarono fuori i fazzoletti, pronte ad asciugarsi il rimmel. I duri si scoprirono. E i poliziotti pure.

Mario seguiva il corteo. Vestito di nero. Con gli occhi venati di rosso. Incassava il colpo a denti stretti, l'Italiano. Non doveva aver dormito molto, dal giorno della tragedia. A forza di bere, si era tenuto su. Lo si capiva dalla faccia, d'un grigio plumbeo, dalle palpebre che, di tanto in tanto, gli ricadevano sugli occhi. Lui le rialzava di scatto, nervosamente. Non era il caso di venir meno, lì, davanti ai colleghi, davanti agli altri tizi che stavano un po' in disparte, vicino alla bagnarola con l'antenna.

"Si va in chiesa?" s'informò uno spacciatore di coca, voltandosi verso il Lionese.

"Sì, è un'idea di Mario..."

"Vieni in macchina con me?" offrì lo spacciatore. Era impaludato meglio del duca di Windsor e di una cortesia squisita. Ma il Lionese rifiutò.

"No, grazie. Devo vedere Jo. Ho da parlargli."

I due furgoni si avviarono, con le macchine dei duri appiccicate dietro. Quando furono a una distanza ragionevole, il macinino con l'antenna si mosse lentamente.

"Li raggiungeremo in chiesa", disse Tony sedendosi vicino allo Svedese. "E il ricettatore?"

"L'ho appena lasciato. È da ieri che mi rompe le scatole. Ne ho fin sopra i capelli. Offre centoventi milioni. Cosa ne dici?"

"D'accordo", fece Tony. "Per questa cifra molliamo tutto. Più presto ci liberiamo dei ciottoli, più presto staremo tranquilli."

"Ne abbiamo avute abbastanza di scocciature, no?"

"E i Sora?"

Tony s'infilò i guanti e guardò fisso davanti a sé.

"Nessuna notizia. È come ti ho detto quando sei tornato. Nessuno sa dove si sono rintanati. E non è che temano qualcosa dai poliziotti. Sanno che Mario non ha fiatato. È a noi che sfuggono. Non può essere che così. Capiscono che non andremo a congratularci."

"Sei tornato alla villa di Champigny?"

Tony accese una sigaretta.

"Sì. Ieri sera. Non c'erano."

"Il piccolo Cesare?"

"È ancora lì."

"Mi dispiace per quel ragazzo. Mi andava a genio."

Tony sospirò.

"Avresti agito diversamente, tu?"

"No... certo. Lo sai che non ti do torto... Però avevamo fatto il colpo insieme... È duro arrivare a questo punto. Senza contare che..."

"Non toccheremo la sua parte", l'assicurò Tony con voce triste. "Ci sono i suoi, laggiù, al paese, e..."

Lo Svedese alzò la testa di scatto e guardò l'amico.

"E...?" domandò con gli occhi lucidi.

"E Mario, che li conosce, darà loro la parte di Cesare un po' alla volta, per non meravigliarli. In seguito, quando il chiasso si sarà quietato, completerà il versamento. Si arrangerà, insomma. Racconterà una balla qualsiasi."

Un attacco di tosse lo piegò in due. Abbassò il finestrino, sparò fuori il grumo e riprese con voce più dura:

"Su, andiamo, Jo, Raggiungiamo gli altri".

Lo Svedese avviò la macchina.

"Credi che i Sora molleranno?" domandò.

Tony gli lanciò uno sguardo ironico.

"Rinunceresti tu a un affare di duecentocinquanta milioni? No? Dunque? Secondo me, ci conviene beccarli al più presto. Prima di tutto per quel che hanno fatto alle donne di Mario. E in secondo luogo per la nostra sicurezza. Non dimenticare: solo loro sanno qualcosa. Non bisogna permettergli di fiatare, capito?"

In chiesa, li accolse il poderoso suono dell'organo. Tappeti, incenso, guardia svizzera... e tutto il solito apparato. Mario aveva fatto le cose in grande. Contrariamente ai borghesi e ai contadini ricchi che, per rendersi interessanti, non entrano mai in chiesa, i duri, giudiziosamente, avevan preso posto lungo le file di sedie. Erano lì per qualcuno che era di quell'idea, quindi... Meglio comportarsi da persone per bene, no? Che importanza aveva? Erano andati lì per confortare Mario. E se a Mario piaceva, la religione?

A destra i duri. A sinistra le donne. Al centro, circondate da ceri grossi come alberelli, le due bare drappeggiate di nero.

Passando accanto a una colonna, il Lionese scorse il gruppetto della polizia criminale. Gli agenti non erano arrivati al punto di confondersi tra i duri. Però partecipavano compunti al rito funebre.

Jo e Tony si insinuarono in una fila verso due sedie vuote. Davanti all'altare, il prete si dava da fare. Ogni tanto allargava le braccia o giungeva le mani. Parlava in latino. Quando bisognava alzarsi, la guardia svizzera faceva segno a quelli della prima fila. Gli altri li imitavano. Lo stesso capitava quando c'era da rimettersi a sedere. La guardia si chinava verso Mario. Certo, se la spassava, in cuor suo, il tizio con l'alabarda.

In quanto alle puttane, non avevano nessun bisogno di cenni. Si capiva che avevano fatto la prima comunione.

"Ci sarà la questua, dopo?" domandò un giovane teppista al Lionese.

Tony scrollò le spalle. Ai funerali, non si ricordava. Mario, certamente, aveva già sganciato tutto in una volta. Per i battesimi non era la stessa cosa. Tony rammentava quello del figlio di Marcello Occhiazzurri, durante la guerra. A Bordeaux. Pochi giorni prima che lo pizzicassero.

Il prete era arrivato col piatto e aveva cominciato il giro da Raymond il Basco. Questi, non sapendo bene cosa fare, aveva allungato nel piatto un bigliettone da cinquemila. Il tizio alla destra di Raymond, credendo che quella fosse la tariffa, aveva sganciato cinque sacchi anche lui. E, fino all'ultimo, era stata la stessa cosa. Il prete non ci capiva più niente. Con la mano teneva fermi i bigliettoni nel timore che si volatilizzassero. Come doveva aver ringraziato il Signore, quella sera!

Di colpo, sommergendo il frastuono della musica, si levò un coro. Dovevano averne, di polmoni, i tizi che cantavano. Impressionati, i duri guardarono i coristi. In quanto alle donne, piangevano tutte a calde lacrime. Alcune non cercavano neanche di asciugarsi gli occhi. Quali ricordi richiamava alla loro mente quell'atmosfera! Certo nessuna, quella sera, si sarebbe sentita di farsi fuori un merlo, per paura di sporcarsi.

Questo, almeno, era quanto diceva un ruffiano a un suo collega, vicino allo Svedese.

Dopo che il prevosto ebbe generosamente affumicato d'incenso le bare, uno dei suoi accoliti porse a Mario un affare d'argento. L'Italiano, per due volte, spruzzò un liquido sulle casse con l'affare e lo passò a un altro.

Al suo turno, il giovane teppista, prendendo il coso dalle mani del Lionese, mormorò:

"... sono fortunati se non glielo hanno fatto sparire. Deve avere il suo valore, quest'affare".

Sotto il portico della chiesa, c'era Mario, solo, che stringeva la zampa a tutti gli intervenuti. Certo, le due donne non dovevano avere parenti; o, se ne avevano...

Tendendogli la mano, i duri gli facevano le condoglianze come persone civili. Solo Jean di Belleville disse: "Alla prossima". Lo disse senza malizia, il giovanotto. Solamente che lui e le usanze non andavano d'accordo. Una volta, al funerale d'un amico, aveva detto di cuore, abbracciando il padre del morto: "Congratulazioni". Nessuno si arrabbiava mai. "Sono nato sul marciapiede", spiegava Jean. "Nessuno mi ha mai insegnato nulla. E con questo? Che differenza fa?" La cosa non gli impediva di avere un coraggio da leone e di essere tutto d'un pezzo più di certi ricchi che si son fatti incipriare il sederino dalla governante fino alla maggiore età.

"Dopo il cimitero, appuntamento da me", mormorò Tony, passando davanti a Mario.

"E bada che gli sbirri non ti seguano", completò lo Svedese stringendo, a sua volta, la mano dell'amico.

Gettata nella fossa l'ultima palata di terra, Mario uscì in fretta dal cimitero. Non ne poteva più. Indugiò un attimo con lo sguardo sugli uomini che stavano scomparendo nelle bettole di fronte. Conosceva gli usi. Per alcune ore, i duri si sarebbero ricordati a vicenda le storie dell'ambiente e, parlando, avrebbero bevuto come otri. Alcuni, felici di essersi ritrovati, avrebbero chiuso la serata in un locale notturno. Certo, che sarebbe finita così!

Dopo aver rifiutato due o tre inviti, Mario si fece portare da un amico a un posteggio di taxi. Ne prese subito uno, a caso. Lungo il percorso, si voltò parecchie volte. Probabilmente i questurini l'avevano mollato. Quando piombò dal Lionese, le sue prime parole furono:

"Dove sono?"

"Da me, naturalmente", rispose meravigliato lo Svedese. "Il ricettatore li porta via domani. Perché?"

L'Italiano si portò una mano agli occhi.

"Non è di questo che parlo", disse. "No. I Sora?"

Tony, che coccolava i suoi canarini, si voltò lentamente.

"Non lo sappiamo ancora. Non farti cattivo sangue, li troveremo."

Guardava in faccia Mario.

"Abbi pazienza. Lo sai che non gliela faremo passare liscia. Se ti ho chiesto di venire, è perché volevo il tuo parere sui diamanti. Il Levantino offre centoventi milioni. Sei d'accordo?"

"Quello che fate voi, per me è ben fatto. Io vado a dormire. Sono a pezzi. Se avete notizie..."

"Non preoccuparti. Va' a letto. Ti terremo informato."

Non appena Mario scomparve, lo Svedese osservò pensosamente:

"È stato un brutto colpo per lui, la morte di Ida, eh, Tony?"

Il Lionese non rispose. Chino sulla gabbia, insultava Dorotea che, tanto per cambiare, aveva preso a beccate quel minchione di Charlot.

13

Pierre Sora andava su e giù per la stanza stretta, come un leone in gabbia. Ogni tanto sollevava una tenda lurida e scrutava Rue Goutte d'Or, deserta e buia. Borbottava, l'algerino. Essere padrone di donne e di un locale notturno, avere un nutrito conto in banca e trovarsi lì, nascosto come un topo. Mondo boia!

A torso nudo, Ahmed schiacciava un sonnellino su un lettuccio. Nella stanza attigua, non certo più grande di quella, Alì, immerso nel buio, gemeva. La mancanza di coca lo torturava, gli dilaniava il cervello. Ancora un giorno come quello, e Pierre non ce l'avrebbe fatta più a sopportarlo.

Cosa diavolo combinava il terracotta che gestiva, a suo nome, quell'osteria con alloggio? Erano già passate tre ore da quando l'aveva mandato al Cimeterre d'Or a prendere la droga... Da cinque giorni e cinque notti si erano rintanati lì. C'era da rincretinire.

Non era la paura della polizia che li teneva in quel buco. No. Pierre sapeva che Mario non li avrebbe tirati in ballo per l'assassinio delle donne. Però c'erano il Lionese, lo Svedese... ossi duri da mandar giù. Per non parlare di Mario, che, anche lui, doveva essersela presa, eccome! Naturalmente, Pierre poteva sbarazzarsi di loro denunciandoli all'autorità giudiziaria per il furto alla gioielleria. Poteva anche portarsi a casa dieci bei milioncini, per una prodezza simile. E va bene. Ma se quelli lì, sapendo da dove veniva la denuncia, parlavano a loro volta? Se Mario metteva al corrente i piedipiatti dell'assassinio? Lui e Ahmed, forse, avrebbero potuto resistere all'interrogatorio. Ma quel pazzo di Alì? Bastava che i poliziotti minacciassero di levargli la coca, per farlo parlare... Come un babbeo avrebbe cantato, il piccolo... E, d'altro canto, lui, Pierre, non aveva ancora perduto la speranza di mettere le mani sui brillanti. Certo che no.

Le due stanze che costituivano la sua tana erano situate proprio sopra il salone dell'osteria. Ci abitava il gestore, di solito. E, certo, la serva non si massacrava per tenerle pulite. Erano lerce. Puzzavano in modo incredibile: odore di *cuscus* rancido, di *merguez* andato a male, d'acqua sporca. Un odore che prendeva alla gola, che dava il vomito. Il tizio che ci abitava aveva sicuramente lo stomaco di ferro.

Dal basso salivano le voci dei clienti, tutti terracotta. I loro suoni gutturali attraversavano il pavimento. Giocavano a domino, si sbronzavano, si ingozzavano. In quell'atmosfera, bastava un niente perché si tirassero fuori i rasoi... Era già mezzanotte ma se ne sarebbero andati solo di lì a due o tre ore. Quelli che dovevano lavorare si erano già eclissati. Erano già all'opera: a strappare la borsa a qualche donnetta in ritardo, a incantonare un tizio per soffiargli i quattrini e, i più onesti, a vendere sigarette americane a Montmartre o a scocciare le puttane sui marciapiedi. Tipetti comici, in fondo!

Pierre Sora era al quarto pacchetto di sigarette quel giorno. Aveva la gola secca e la lingua impastata. L'ozio gli dava ai nervi. Le grida dei terracotta, di sotto, il rumore delle pedine del domino, gli rompevano i timpani, lo rendevano scemo. Ne aveva piene le scatole, di starsene lì.

La scala tarlata scricchiolò sotto il peso di qualcuno. Bussarono. Precipitosamente, Pierre andò ad aprire.

"Ebbene?" brontolò. "Ce ne hai messo del tempo! Che diavolo hai fatto, Dio bono?"

Guardò le mani del gestore.

"E la merce?"

Il tizio dalla pelle scura, i capelli crespi e gli occhi di brace, si frugò in tasca. Il maggiore dei Sora gli strappò di mano il sacchetto di cocaina. D'un balzo passò nell'altra stanza.

"Prendi!" disse ad Alì. "Riempiti il naso e non rompermi più le palle."

Di volata tornò dal gestore.

"Hai preso l'ultima edizione a Pigalle? Cosa c'è di nuovo al Cimeterre d'Or? Mohamed è tornato al lavoro?"

Il terracotta lo tranquillizzò.

"Sì, Mohamed si è rimesso. La ferita alla testa non era grave. Mi ha detto di dirti che tutto va bene. I questurini non sanno niente. Non c'è da aver paura da quella parte."

Il gestore indirizzò un sorriso al suo capo.

"Lui ce l'ha coi tizi che l'hanno lasciato per strada a Champigny... dice che avrebbe piacere di ritrovarli."

Pierre Sora si asciugò la fronte lucida, mandò giù d'un fiato un bicchiere di liquore e brontolò:

"Che non si preoccupi. Saranno vendicati, lui e l'autista. Tu, vorrei che trovassi una scusa per schiaffar fuori i clienti. Sono stufo di sentirli. Di' che hai saputo di una retata... Arrangiati".

Un letto cigolò nella stanza vicina. Alì, in calze e pantaloni, comparve sulla porta. Aveva la camicia aperta sulla pelle abbronzata. Gli occhi gli brillavano di nuovo, soddisfatti. Sotto il naso aveva una traccia di polvere bianca. Salutò con una smorfia il tirapiedi del fratello. Pierre gli lanciò uno sguardo stomacato e prese il giornale che il suo uomo di paglia gli porgeva.

"Fa' come ti ho detto", ordinò a quest'ultimo. "Poi portami su della birra, un po' di pane e salsiccia."

"Per me *raki*", l'interruppe Alì.

Il fratello maggiore gli lanciò un'occhiata burbera.

"*Raki* per lui", ringhiò. "Poi va' a prendermi la macchina. Usciamo. Andremo a prendere un po' d'aria."

Richiuse la porta dietro al gestore e ascoltò i suoi passi per le scale. Poi aprì il giornale. Lo scasso dai Barier non era più in primo piano. Lo sciopero dei trasporti l'aveva sostituito. Però, in fondo alla pagina, se ne parlava ancora. La compagnia d'assicurazione aveva elevato il premio da dieci a quindici milioni. Non si rassegnavano, i Lloyds, a pagare i duecentocinquanta milioni. Speravano almeno di recuperarne una parte. In tutti i casi, questo dimostrava una cosa: che la banda del Lionese era ancora in possesso del bottino. Certo. Ma dove era nascosta la merce? Da Tony? Da Jo? O, forse, da Mario? Bisognava prenderli uno a uno, per saperlo. Bisognava cominciare da quello più sbalestrato, dall'osso meno duro, dall'Italiano, cioè.

Il fracasso, di sotto, si attenuò. Il selciato risuonò di passi precipitosi. La saracinesca gemette e si abbattè richiudendosi.

La scala scricchiolò di nuovo. Il gestore entrò reggendo un vassoio.

Alì afferrò la bottiglia di *raki*, se la portò alle labbra, mandò giù una sorsata. Senza neanche una goccia d'acqua.

"Vado a prendervi la macchina", annunziò il gestore uscendo.

Il maggiore dei Sora aveva attaccato un sandwich. Con la punta del piede svegliò Ahmed.

"Alzati", ordinò. "Presto. Mandiamo giù un boccone e poi ce ne andiamo. C'è lavoro in vista. Per prima cosa mettiamo le mani su Mario per farlo cantare... Bisogna finirla con questa storia."

Ahmed era raggiante. C'era da menar le mani? Benissimo. Però...

"Credi che sia consigliabile tornare da lui?" disse, frizionandosi i capelli nerissimi. "Forse i questurini tengono d'occhio la sua casa."

"Mi prendi per fesso?" brontolò il maggiore, con la bocca piena. "Tu gli telefoni da parte del Lionese. Gli farai credere di aver bisogno del suo aiuto e gli fisserai un appuntamento."

"Mangerà la foglia", osservò Ahmed. "Non credi? Capirà dalla voce che non si tratta del suo amico."

Pierre Sora sputò la pelle d'un salsicciotto.

"E che c'entra? Dirai che sei un cameriere, incaricato dal Lionese. Dirai che lui non può muoversi, che mi sta sorvegliando da un bar, per esempio."

Pierre mandò giù un sorso di birra e aggiunse con una risata chioccia:

"Quando saprà che il Lionese è sulle mie tracce, farà una volata. A noi non resterà che mettergli le mani addosso".

Lo stridore di una frenata lacerò il silenzio di Rue Goutte d'Or. Pierre Sora sollevò leggermente le tendine della finestra. La sua macchina luccicava sotto la pioggia sottile.

"Vestitevi. Ce ne andiamo."

Nel locale sottostante sentivano il gestore che si agitava. Probabilmente metteva un po' d'ordine.

Un tintinnio di bicchieri giunse alle loro orecchie. A un tratto un telefono squillò. Udirono un mormorio e, poco dopo, i passi affrettati del gestore che saliva le scale.

Pierre, impaziente, lo aspettava nel vano della porta.

"Cosa c'è? È per me?"

"Sì", rispose l'altro. "Mohamed mi ha telefonato dal Cimeterre d'Or. Mi ha detto di dirti che c'è un certo Mario. A quanto pare è ubriaco. Ubriaco fradicio."

I denti d'oro scintillarono, in bocca a Pierre Sora.

"È ancora al telefono?"

"Sì."

"Bene. Scendo io."

La sua mole scomparve nella penombra delle scale.

Poco dopo i fratelli lo udirono gridare con voce aspra, brutale:

"No, no! Lascialo stare. È solo? Sì? Allora fa finta di niente. Lui non cerca rogne. Lascia stare. Veniamo noi... Come? Ci sparerà addosso? Pezzo di fesso, non ci faremo vedere. Ci apposteremo all'uscita... Non fiatare con nessuno. Non occupartene. Nasconditi, perché non se la prenda con te, e basta".

Pierre Sora riappese il ricevitore. Un rumore lo fece voltare di scatto.

Prima Ahmed poi Alì apparvero ai piedi della scala.

Il rumore? Metallo contro metallo. Ahmed, con la sinistra, aveva messo una pallottola in canna.

Ubriaco fradicio, Mario era entrato al Cimeterre d'Or. Spalle curve, cravatta di traverso, cappello sulla nuca. Una ciocca nera gli ricadeva sull'occhio sinistro. Aveva le cornee iniettate di sangue e lo sguardo opaco. Barcollava leggermente. Una ragazza vestita di seta scura gli prelevò cappello e cappotto. Incapace di spiccicare una parola, lui la lasciò fare. Intascò lo scontrino che gli veniva porto. Due o tre ragazze del locale si voltarono a guardarlo, pronte a lanciarsi sul cliente. Riconoscendo l'Italiano, scrollarono le spalle nude e ripresero la loro partita di 421.

"Ehi, Mario", gridò un tipo seduto a un tavolo. "Vieni a bere un bicchierino con noi."

L'Italiano volse gli occhi verso la tavolata. Riconobbe un gruppo di duri che avevano seguito i funerali nel pomeriggio e fece una smorfia vaga. Si lasciò stringere la mano e si abbatté immediatamente su una sedia libera. L'oggetto che gli sformava la tasca destra della giacca urtò contro l'orlo del tavolo. Mario vuotò d'un fiato la coppa di uno degli amici, un magnaccia di Marsiglia. Il tizio, senza formalizzarsi, la riempì di nuovo. L'Italiano, automaticamente, fece il bis.

"Avevi la gola secca, amico! Bella bevuta!" constatò il ruffiano. Mario, che aveva ripreso fiato, chiamò, con un dito tremante, un cameriere.

"Schiaffa due bottiglie in ghiaccio. Due... e sbrigati."

Con occhio annebbiato, guardò la femmina che, in puntino, si dimenava sulla pista. Come agitava le gambette, la donnina. I seni le ballonzolavano nei cestelli di pizzo. Per poco non le schizzavano fuori. Questo almeno sperava il merlo che, col viso alterato, non smetteva di fissarli. E non ci avrebbe messo molto, a promettere alla *cocotte* di comperarle un'utilitaria pur di poterseli guardare con comodo.

L'Italiano buttò giù un'altra coppa di champagne

e guardò verso l'entrata. Non sarebbero venuti dunque, i Sora? Doveva farne fuori almeno uno quella sera. Non poteva più aspettare. Era stordito. Dopo aver lasciato Jo e Tony, era tornato a casa. Si era infilato fra le lenzuola, sì, ma in quanto a dormire, zero... I mobili, tutti gli oggetti, lo facevano pensare a Ida. Allora si era alzato, aveva tirato fuori una bottiglia di champagne e, solo coi suoi pensieri, l'aveva scolata. Di colpo era crollato sul tavolo, addormentandosi sulle braccia conserte. E si era svegliato, con la bocca impastata, e un'idea fissa: vendicare la sua donna. Si era rivestito. Avrebbe messo Montmartre a fuoco, avrebbe messo... Quella stessa notte. Era certo che qualcuno avrebbe subito informato i Sora che lui era lì. Ma era proprio questo che sperava, che si augurava. Chissà che, sapendolo solo, non si decidessero a saltar fuori dal loro nascondiglio. Brutti porci!

"E tu che ne pensi, Mario?" lo disturbò il magnaccia marsigliese. "Lucien dice che il Corso gli ha prelevato la donna ma non vuole sganciare il riscatto." L'Italiano guardò Lucien, un ruffiano di Saint-Ouen, e finse di interessarsi.

"Quanto chiedi?"

"Cinquecento sacchi", rispose quello, spalancando le braccia. "Una miseria, no? Con tutte le spese che ho avuto per lei, forse non basta neanche a coprirle. Senza contare che sono stato io a lanciarla. Era acerba, quando l'ho presa. Una passeggiatrice giovane come lei ne vale anche di più. Non chiedo troppo, io. Quello però non vuol sganciare. Cosa faresti, tu?"

"Riprenditela", consigliò Mario. "È meglio... O, se no..."

Il duro di Saint-Ouen protese la mascella. Calò selvaggiamente la mano sul tavolo.

"È proprio quello che farò", disse. "Aspetto che ritorni dalla Corsica..."

Le ore passavano così, calde, snervanti. La veglia marcava il viso dei clienti. Alle *entraîneuses* risaltavano le borse sotto gli occhi. Spruzzi di champagne macchiavano le tovaglie. Mozziconi mal spenti fumavano nei portacenere. Per terra, vicino al tavolo dei duri, le bottiglie vuote s'accumulavano.

L'Italiano era sbronzo. Però aveva il cervello terribilmente lucido. I nervi gli vibravano. Un sapore di sangue gli guastava la bocca.

"Io vado a letto", disse il teppista di Saint-Ouen.

Aveva scorto una ragazza che si avviava sola soletta verso l'uscita.

"Voi venite?"

Mario scosse il capo.

"No. Io rimango."

"Me ne vado anch'io", dichiarò il magnaccia.

"Devo prendere il treno per Marsiglia. Scusami, Mario. Gli affari... Ho per le mani una tipa di venti primavere. Ciao."

"Ciao", rispose Mario, macchinalmente.

Era già tornato a sprofondarsi nell'attesa, piena d'incubi.

Piano piano, il locale si vuotava. Uno dopo l'altro, i merli facevano vela. Molti tenevano al braccio una ragazza che aveva bisogno di farsi la serata. Anche quelli dell'orchestra ne avevano abbastanza. Guardavano impazienti una tavolata di cinque o sei tipi che si sfidavano a chi beveva di più e ragliavano canzoni da caserma.

Appollaiate sugli scanni del banco, due carampane rimaste a mani vuote si consolavano gargarizzandosi coi fondi dei bicchieri.

Ormai, intorno a Mario, i tavoli erano deserti.

Lui non ci badava. Il suo sguardo correva senza tregua dalla coppa alla porta con la scritta INGRESSO VIETATO. Si meravigliava che i Sora non spuntassero. Era pronto a scommettere mille contro uno che erano stati informati della sua presenza. Il gestore del locale, il tizio che Tony aveva messo knock-out col calcio della pistola a Champigny, non c'era neanche lui. Eppure Mario era certo di averlo intravisto, quando era entrato. Di colpo gridò:

"Un'altra bottiglia".

Il cameriere, che stava massaggiandosi ipocritamente i polpacci, si drizzò di scatto, con la coda di rondine in agitazione.

"Ma, signore... Dobbiamo chiudere."

"Me ne frego! Un'altra bottiglia, ho detto! Ma non c'è un responsabile in questa baracca? Vammi a chiamare il gestore."

"È assente, signore", rispose il tipo in nero, piegandosi in un inchino che gli fece fare una smorfia.

Aveva mal di reni, il lacchè.

Con la mano esperta munita d'uno straccio, diede qualche colpetto alla tovaglia su cui si era versato del Paul Ruinart '28. Poi sostituì il portacenere pieno.

"Va bene, signore. Una sola bottiglia", disse, in tono conciliante. "Vede? I musicisti stanno già mettendo via gli strumenti."

Era vero. Gli incantatori di serpenti deponevano i loro arnesi.

"Bene", borbottò Mario. "L'ultima. Poi portami il conto."

Il cameriere s'avvicinò al banco e fece un cenno discreto al barista.

"Henri! Un'altra bottiglia."

Poi, tra i denti:

"Informa Mohamed che il tipo se ne va. Beve l'ultima, poi fa vela".

Con passo indolente, il barista si diresse verso la porta riservata. La coda di rondine riattraversò il salone reggendo, come un neonato, un secchiello in cui giaceva una bottiglia di Ruinart.

"Ecco, signore", disse, posandola davanti a Mario e facendo saltare il tappo. "Spero che il signore sia soddisfatto. È proprio a puntino."

Riempì la coppa, fece un inchino e scomparve. Poco dopo tornò; si inchinò di nuovo, versò ancora, porse un foglio all'Italiano e rimase in attesa, con le mani alla cintura.

"Quarantaduemila con la mancia, vero?" domandò Mario posando il foglio davanti a sé.

"Sì, signore. Ha..."

"Lo so. Basta così."

Mario infilò la mano nella tasca interna della giacca.

La coda di rondine seguì i suoi gesti con occhio acceso e un sorriso benevolo sulle labbra. A un tratto il sorriso gli si raggelò. Saspettava di vedere il portafoglio e invece comparve una stilografica.

Mario si curvò sul foglio e firmò.

"Porta questo al tuo padrone", disse. "Digli che è da parte di Mario. Lui capirà."

"Ma, signore..."

Davanti allo sguardo minaccioso, greve di sfida, dell'Italiano, il cameriere prese il foglio e si allontanò... senza inchino.

"Non vuol pagare", disse al barista quando fu davanti al banco. "Mi ha rifilato quest'affare. Dice che..."

Il barista si cacciò il conto in tasca e tagliò corto: "Va bene. Mohamed se l'aspettava. Ha detto di lasciar correre. Appena il tipo accennerà ad andarsene, devo fargli il segnale. È su, in ufficio, che aspetta".

La coda di rondine si preoccupò.

"Cosa credi che stia macchinando, Mohamed?"

L'altro scatarrò in un secchiello di ghiaccio.

"Lascia perdere. Fa' come me. Non siamo pagati per impicciarci negli affari loro, no? E quindi che ce ne frega?"

Al loro tavolo, i tizi allegri, accorgendosi di non avere più platea, si alzarono aggrappandosi gli uni agli altri. Le due carampane si affrettarono a scendere dagli scanni.

"Allora, ragazzi", civettò una. "Ce ne andiamo? Nessuno vuol fare un lavorino con noi?"

"Sparisci, cretina", ruttò uno degli allegri compari. "Ti ho già detto di lasciarci in pace."

"Va bene, va bene", fece fra i denti la donna. "Al diavolo, fregnone."

Il tizio, un tipo perbene a giudicare dal nastrino rosso all'occhiello, alzò una mano. Lo schiocco del ceffone fece trasalire Mario.

"Pezzo di fesso", sbraitò la donna.

Si guardò intorno e si precipitò su una bottiglia dimenticata a un tavolo. La coda di rondine fece appena in tempo ad afferrarle i polsi.

"Calmati, Lola. Ti dà di volta il cervello?"

La donna pestava i piedi, a spese di una calza che si era smagliata.

"Lasciami! Lasciami, ti dico! Devo accopparlo, quel maiale."

Il maiale, nonostante la sbornia, si erse maestosamente. Con un dito grosso come una salsiccia, si lisciò i baffetti. Roteava gli occhi in modo impressionante.

"Esigo le scuse! E subito!" disse, fulminando la coda di rondine con un occhio bovino. "Subito!"

Il cameriere tentò una riconciliazione.

"Andiamo, signore..."

"Lo esigo", tuonò il barile di lardo.

Non voleva cedere, soprattutto non davanti ai colleghi d'ufficio.

"Animo, sparisci, giovanotto", fece una voce cupa nel salone. "Lascia in pace quella donna."

Il ciccione diventò di fiamma. Si voltò verso Mario, balbettando di rabbia.

"A me... a me... a me osa parlare in quel modo?"

"E a chi, se no, vecchio ippopotamo?" replicò l'Italiano senza lasciare il suo posto.

Si sentiva di nuovo bruciare nel petto la voglia di uccidere. In mancanza dei Sora, aveva bisogno di attaccar briga. Tanto per distendere un po' i nervi.

L'otre respirò rumorosamente. S'assicurò con uno sguardo che i compagni fossero presenti e riprese baldanza.

Con la mano alzata, si precipitò verso Mario.

"Adesso le tiro le orecchie, giovanotto. Crede di potermi parlare in questo modo impunemente?"

L'Italiano fermò la valanga:

"Non affannarti, fesso! Rimani dove sei".

Nella destra posata sulla tovaglia, stringeva una Colt a tamburo.

Come se avesse messo i piedi in un nido di vipere, il tizio fece un salto indietro.

"Cosa... cosa... cosa..." balbettò. "Cosa... cosa... cosa..."

Mario scrollò le spalle e si alzò con l'arma in pugno. Gli amici del trippone, che si erano avvicinati, rincularono in massa. Non avevano più voglia di cantare, gli allegri compari.

Lola si rivolse all'Italiano.

"Lascia correre, amico", disse. "Non ne vale la pena. Lasciale andare, queste mele marce."

Poi si rivolse alla coda di rondine.

"Su, mandali fuori", intimò con violenza. "Cosa aspetti? Che questo qui ne faccia dei colabrodo?"

I tipi non si fecero pregare, per svignarsela verso il guardaroba.

"Grazie", disse la donna all'Italiano.

"Non c'è di che", borbottò Mario.

La guardò per un attimo.

"Sei con uno dei Sora?"

"Per l'amor del cielo!" scattò la donna, in tono sincero.

L'Italiano abbozzò un pallido sorriso.

"E la tua amica?" domandò ancora.

La donna spalancò gli occhi.

"Neanche lei. Perché?"

"Niente", fece Mario frugandosi in tasca. "Prendi." E le porse due biglietti da dieci sacchi. "Dividetevi questi. Buona notte."

"Questa poi!" esclamò la donna seguendolo con lo sguardo mentre spariva verso il guardaroba.

L'aria notturna investì Mario in faccia. Gli venne voglia di vomitare. Aveva bevuto troppo. Eppure, non era completamente ubriaco. Anzi. Si rendeva conto di quello che faceva. L'alcool e lo champagne gli avevano eccitato i sensi, invece di addormentarli. Aveva i muscoli tanto tesi che gli facevano male. Tenendo la mano nella tasca del soprabito, avvinghiata all'artiglieria, si assicurò con una rapida occhiata che per la strada non ci fosse nessuno. Solo qualche taxi e qualche bagnarola, come al solito... Sotto la tettoia di un albergo, alcune passeggiatrici speravano ancora di catturare un merlo... In una bettola piccolissima, illuminata al neon, altre donne bevevano con gli autisti... Due agenti ciclisti, con la mantellina abbottonata per ripararsi dalla pioggia sottile, percorrevano la strada a piedi, spingendo a mano il loro arnese.

Quando gli passarono accanto, Mario ne approfittò per aprire la portiera della sua Salmson e per mettersi al volante.

Al primo piano del Cimeterre d'Or, la tenda spessa che copriva la finestra dell'ufficio di Pierre Sora, ricadde.

L'Italiano avviò il motore, accese una sigaretta e ingranò. Una quindici cavalli nera sbucò da una via laterale e puntò sulla Salmson.

"Ce l'abbiamo in mano, questa volta", borbottò Pierre, avvinghiato al volante.

Accanto a lui, Alì, col naso imbottito di neve, ridacchiò:

"Certo che l'abbiamo. Adesso dovrà sbottonarsi".

Mario girò intorno a Place Clichy e imboccò il Boulevard des Batignolles. Qualche passante si affrettava verso il metrò. Guardando nel retrovisore, l'Italiano si meravigliò, scorgendo una macchina che lo seguiva. Trasse di tasca una pistola e la posò accanto a sé.

"Cosa significa?" si chiese ad alta voce. "Forse che..."

"Proprio così, amico", tuonò una voce dietro di lui. Per poco Mario non abbandonò il volante. La cicca gli cadde dalle labbra. Sentì qualcosa di duro premergli la nuca. Il freddo dell'acciaio gli gelò la pelle.

"Non voltarti", intimò la voce. "Continua a guidare. Ti dirò io quando dovrai voltare."

Una mano gli palpò le tasche del soprabito, sfiorò il sedile e si richiuse sulla Colt a tamburo.

Nel retrovisore, Mario scorse il viso contratto di Ahmed. Gli occhi, i denti dell'algerino luccicavano nell'oscurità.

"In Rue de Rome volterai a sinistra e risalirai il viale. Capito?"

"Se credi che..."

L'Italiano si drizzò ma la canna gli promette un po' più forte la nuca. Il freddo dell'acciaio gli percorse tutta la spina dorsale. Strinse i denti. *Mi sono lasciato prendere. Come un imbecille. Non ho tenuto gli occhi abbastanza aperti. Il terracotta era rannicchiato in fondo alla macchina.*

L'immagine di Cesare torturato gli passò davanti agli occhi... *Ecco che cosa mi faranno*, disse tra sé. *Ecco che cosa mi faranno se non spiffero dove sono i diamanti.* E si morse le labbra a sangue.

A filotti imperiosi, tutto quello che aveva bevuto dalla morte della sua donna gli montava in gola.

Non devi parlare, Mario. Se cedi, sono capaci di piombare dallo Svedese e di accopparlo, lui e il suo piccolo. Non devi, Mario. Non devi...

La Salmson si avvicinava a Rue de Rome. Mario doveva voltare a sinistra. Ancora trenta metri... Un lampo di follia gli brillò negli occhi. Schiacciò la frizione e, con mossa rapida, tirò a sé l'acceleratore a mano. Al massimo. Il motore rombò, rombò fin quasi a scoppiare. Mario si aggrappò al volante con tutte e due le mani e abbandonò la frizione. La Salmson, come frustata, sfrecciò come un bolide, ignorò un semaforo rosso e puntò nella notte, dritta davanti a sé.

"Ma... ma... Dio..." imprecò Ahmed sbilanciato dalla brusca ripresa.

Si tirò su immediatamente. Con rabbia spinse la canna più forte contro la nuca dell'Italiano.

"Ferma, pazzo!" urlò. "Ferma, se no..."

Sembrava che la Salmson inghiottisse i lampioni. Il vento fischiava sotto il telaio. Ce la metteva tutta, Mario. La quindici cavalli gli teneva dietro a fatica.

Il maggiore dei Sora non riusciva a capire. Non osava rischiare la pelle in quella corsa pazza.

Mario sentiva sul collo il respiro affannoso di Ahmed. Scoppiò a ridere. Una risata acre che frustò i nervi al terracotta.

"Se non ti fermi..." tuonò Ahmed atterrito.

Col braccio sinistro serrò il collo a Mario.

"Allora... Mi ascolti?..."

Una macchina, sbucata da Avenue de Villiers, lo costrinse a mollare la presa. Un improvviso stridore di freni. Un urto seguito da un rumore di lamiera lacerata. Un urlo... Mario, lui, non aveva mollato il volante, non aveva deviato dalla sua strada. Attaccato al paraurti anteriore, vibrava ancora, frustato dal vento, un pezzo dell'altra macchina.

Inzuppato di sudore, con gli occhi fuori dalle orbite, a un pelo da una crisi di nervi, il caffellatte si sporse sulla spalla dell'Italiano.

"Ferma", supplicava. "Sei pazzo? Ferma..."

Mario si voltò verso di lui per un attimo: il tempo di sputargli in faccia. Sentiva ancora sulla nuca il freddo della siringa. Ahmed, sfigurato da uno sputo che gli colava dal sopracciglio, sparò. Le unghie dell'Italiano si spezzarono, avvinghiandosi al volante. Non l'avrebbe più mollato, ormai, quel volante.

Era già crepato o era ancora vivo? Non lo sapeva. Con lo sguardo già agghiacciato dalla morte, distingueva confusamente un enorme gruppo di case, a un incrocio. Fu il suo cadavere o quello di Ida a dare una leggera sterzata a destra? Gli edifici sembravano diventare sempre più grandi... Ahmed chiuse gli occhi e urlò come un dannato.

Un riso debole, subito soffocato da un fiotto di sangue, sgorgò dalle labbra dell'Italiano. La Salmson volò sul marciapiede. Con un frastuono d'inferno, andò a schiacciarsi contro lo zoccolo di un palazzo. Una torcia gigantesca rischiarò l'alba.

Le fiamme illuminavano a giorno il viale. Pierre Sora arrivò due minuti dopo. Risvegliati dal chiasso, i borghesi si affacciavano alle finestre. Alcune donne, coi bigodini in testa, strillavano come pazze. Si vedevano già arrostite, le buone femmine.

Mario poteva vantarsi di aver creato un po' di agitazione nel quartiere. Dovevano riceverne, di chiamate, i pompieri e la polizia. Da un androne era sbucato un portinaio con un paio di baffoni alla Guglielmo II, piantati in mezzo a una faccia da bevitore. In testa aveva un casco della grande guerra e, a tracolla, un tascapane. Si credeva forse nel '42, ai tempi della difesa passiva, l'onesto cittadino.

Con gli occhi dilatati, i Sora guardavano impotenti il fratello che s'accartocciava nel rogo. Non aveva certo freddo, Ahmed. La capote divampava come un fuoco d'artificio. Non era ancora crepato. Si vedeva la sua mano destra che pendeva fuori dalla portiera schiacciata e annaspava debolmente sulla maniglia.

Il tipo col casco cercò di avvicinarsi. Per due volte. Bravo l'eroe! Ma non c'era più niente da fare. Bruciava troppo. Tanto peggio: non avrebbe preso la medaglia. Dell'Italiano si vedeva solo la schiena. In quanto alla testa, era passata dall'altra parte, dopo aver sfondato il parabrezza.

Pierre Sora, inchiodato al volante dallo stupore, guardava.
"Cosa può essere successo, Dio bono!"
"Cosa può essere successo?" ringhiò Alì, pallido di rabbia. "Ecco, è che ti vengono troppe idee, a te, capo tribù. Se mi lasciavi nascondere in macchina insieme ad Ahmed, questo non succedeva. L'avrei fermato io, l'Italiano."
"Taci! Vuoi finirla, pezzo di cretino?"
Il drogato affondò la mano fra le pieghe del soprabito. Il fratello, di riflesso, portò la sua all'ascella sinistra.
"Non muoverti", disse il maggiore con voce che tremava. "Se no ti imbottisco di piombo! Ti mando a raggiungere Ahmed. Capito?"
Come una macchia chiara sulla stoffa scura, la mano di Alì riemerse vuota.
"E va bene!" disse di malavoglia. "Ma non trattarmi in questo modo, se no..."
S'interruppe, puntò l'indice verso la Salmson.
"Guarda", gridò. "Guarda!"
Come colpito da una scarica elettrica, il corpo di Ahmed aveva dato un balzo. Di colpo, il braccio fuori della portiera si tese e rimase immobile, nero, impietrito.
Le sirene della polizia e dei pompieri ulularono vicinissime.
"Squagliamocela", gridò il maggiore dei Sora. "Non c'è più niente da fare, ormai... Non ci mancherebbe altro che farci beccare qui."
Innestò.
"Ho un'idea", disse, prendendo una curva. "Per vendicare Ahmed e papparci i diamanti."
"Sììì..." ridacchiò Alì. "E come?"
Pierre Sora si passò un dito sulla cicatrice divenuta improvvisamente rossa per l'emozione.

"Non ti preoccupare. Puoi star sicuro però che li beccheremo, i duecentocinquanta milioni. È come se li avessimo già in tasca. Come mai non ci ho pensato prima, cretino che sono!"

Il fratello arrostito gli era già uscito di testa. Aveva altro a cui pensare, per il momento. Roba più urgente. C'era da mettere le mani sui brillanti. Il più bel colpo del secolo. E sarebbe stato lui, Pierre Sora, a realizzarlo. Non poteva più sbagliare.

Si fermò in Rue Goutte d'Or.

Salì di volata le scale dell'albergo ed entrò nella stanza in cui dormiva il gestore. Ci rimase per dieci minuti. Quando ne uscì, rideva da solo, con aria cattiva. Senza spogliarsi, si gettò sul letto lasciato da Ahmed poche ore prima. Nell'altra stanza, Alì, dopo aver fatto visita alla bottiglia di *raki*, s'era addormentato.

14

Il Levantino era tornato a Londra col treno. Come si sarebbe arrangiato per far passare i gioielli? Non si trattava certo degli orologi di Jo e di Tony. D'altronde nulla provava che il ricettatore fosse tanto temerario o tanto ingenuo da portarsi la merce a spasso. Forse l'aveva lasciata a Parigi. In un suo nascondiglio. Loro, gli scassinatori, non dovevano preoccuparsene. Avevano intascato i quattrini, centoventi milioni allineati in una valigia, in pacchetti da un milione l'uno. Era una delizia contemplare quel mucchio di lasciapassare della Banca di Francia. Ci si scaldava il cuore. E non è da dire che fossero molto ingombranti.

"Anche se ne avessi un baule pieno di questi fazzoletti, non mi disturberebbero affatto", scherzava Tony.

La sua salute andava meglio, da due giorni. La pioggia, la nebbia erano sparite lasciando posto a un sole abbastanza caldo per essere ottobre. I mantici del Lionese funzionavano meglio. Sputava di meno. Il mucchio di grana che aveva sul letto poteva ampiamente contribuire a rimetterlo in forma. Sorrise allo Svedese che, passando una piuma attraverso la rete della gabbia, stuzzicava Dorotea.

"Lasciala, Jo", disse. "La ecciti così. Col caratterino che ha, finirà per vendicarsi sul suo ganzo."

Si avvicinò anche lui alla gabbia. Con il dito redarguì il grosso uccello giallo.

"Non ti vergogni, grande e grosso come sei, di lasciarti trattare a quel modo da una donna? Stupidello?"

Scoppiò a ridere e guardò l'amico.

"Parola mia, è un uomo di mondo, Charlot. Non protesta mai. Un vero merlo, parola d'onore!"

Lo Svedese ritirò la piuma e se la passò su una guancia.

"Che ne facciamo della parte di Mario?" domandò. "Non ha genitori. Non c'è nessuno a cui darla."

Tony terminò di pulire la lastra di zinco che serviva da pavimento agli uccellini. La rimise a posto con cura e borbottò:

"Se non ha nessuno, ce la divideremo tra noi, non credi? Cosa vuoi che ne facciamo? Una donazione all'ospizio dei poliziotti?"

Lo Svedese approvò.

"E quella del piccolo italiano?"

Tony versò i grani di miglio in un recipiente.

"Cesare? Ah, non è la stessa cosa. Faremo in modo di passarla ai suoi vecchi. Tra un paio di mesi andrò io a Milano. Prenderò informazioni dagli amici di Mario. Mi diranno dove vivono i vecchi di Cesare. Non ti far cattivo sangue per lui. I suoi non ci rimetteranno."

Il trillo del telefono si fece udire nella stanza. Tony si diresse verso l'apparecchio, in bilico sul termosifone.

"Pronto", fece, rotolando un granello fra le dita. "Pronto?" Tese l'orecchio, facendosi improvvisamente attento.

"Sì, ascolto. Come? Tu? Louise?"

Con la mano libera tenne a freno lo Svedese.
"Sì, è qui. Cosa c'è, Louise? Su, dimmi."
Singhiozzi convulsi uscirono dall'ebanite.
Impietrito, lo Svedese guardava l'amico cercando di leggergli in faccia il perché del dolore di Louise che si sentiva piangere all'apparecchio.
A mano a mano che Tony ascoltava, sul viso gli si dipingeva uno stupore incredulo. Poi un'ombra gli marcò i tratti scavati. Una luce fredda gli balenò negli occhi neri. Con voce rauca, una voce che non gli era abituale, ordinò:
"Non muoverti, Louise. Veniamo subito".
Stava per riagganciare, ma udì ancora la voce all'altro capo del filo. Si incollò di nuovo il ricevitore all'orecchio.
"Ma no, piccola", disse un momento dopo. "Non è colpa tua. Lui capirà... Non muoverti. Aspettaci."
Questa volta riagganciò subito.
Lo Svedese lo interrogò con lo sguardo. Tony fissava l'amico con occhi spalancati. Esitava.
"Be' , Jo..." cominciò. "Un colpo duro... Un tiro mancino... Il piccolo Tonio..."
"Come?" tuonò lo Svedese. "Mio figlio? Cosa vuoi dire?"
Tutta la sua figura massiccia oscillò.
"Morto, vero?" disse con voce flebile.
Il Lionese scosse il capo.
"No. Rapito."
"Rapito? Il bambino?" ripeté lo Svedese aggrottando le sopracciglia.
Non riusciva a capire. Gli sembrava impossibile.
Tony riprese, senza complimenti:
"L'hanno portato via due minuti fa, vicino a casa tua. Louise non sapeva come dirtelo".

"Me ne frego di Louise", urlò lo Svedese precipitandosi verso la porta.

Tony lo raggiunse in basso.

"Calmati, Jo. Eccoti il cappello, te l'eri dimenticato. Nulla è perduto. Esploreremo dappertutto. Cercheremo di sapere."

Torcendosi le mani, Louise lo aspettava dietro la porta socchiusa. Quando lo Svedese entrò, gli crollò sul petto singhiozzando.

"Chi è stato?" domandò lui spingendole indietro la testa.

"Non so. Due uomini: certamente degli algerini. Uno grosso, l'altro magro che sembrava una iena."

"Dove?" ringhiò lo Svedese.

"All'angolo. Il bambino mi dava la mano. Tornavamo a casa. Tardi, è vero. Avevamo passato il pomeriggio allo zoo. Si era appena fatto buio."

La mamma di Tonio aveva un brutto livido vicino all'occhio destro. Lasciò ricadere la testa sul soprabito del suo uomo e gli allacciò le braccia intorno alla vita.

"Quello grosso mi ha minacciato con una pistola. I passanti non potevano veder nulla. E poi non c'era molta gente. Quello magro ha afferrato il bimbo per il polso. Io ho gridato. Allora l'ha preso come un pacco e si è messo a correre verso la macchina. In quel momento l'altro mi ha colpita. Ho cercato di raggiungerli. Il piccolo mi chiamava. Ero già vicino alla macchina quando il magro mi ha dato un calcio nel ventre. Non ce l'ho fatta più... sono crollata."

Lo Svedese si volse verso Tony che era rimasto appoggiato alla porta.

"I Sora, eh?"

Il Lionese chinò il capo.

"Non vogliono smetterla, quei fottuti. Ma quello che hanno fatto questa volta..."

"Che cosa hai detto alla gente?" si preoccupò lo Svedese accarezzando macchinalmente i capelli bruni della moglie.

La donna allentò la stretta e gli offrì il viso, sconvolto dal pianto.

"Nulla", rispose lei in un soffio. "Nessuno s'era accorto di quello che era successo. È stato tutto così rapido... Soltanto una vecchietta mi ha aiutata a rialzarmi, ma non aveva visto niente. Troppo lontana, era. L'ho ringraziata e sono salita a telefonare. Volevo sapere se eri da Tony."

Si aggrappò di nuovo a lui.

"Jo, cosa facciamo, adesso? Ho paura. Chi è, quella gente?"

"Non pensarci, tesoro. Tony e io ce ne occuperemo. Stai tranquilla, non faranno niente di male al piccolo."

"Dunque né i poliziotti né nessuno sanno nulla", osservò il Lionese. "Non avere paura, Louise. Ce ne occuperemo noi, di quei tipi. E subito."

Col mento, fece segno all'amico.

Lo Svedese si scostò dalla moglie e raggiunse Tony.

"Sì?"

Il Lionese allungò una mano.

"Le chiavi della tua macchina, Jo. Tu consola Louise. Non lasciarla sola, per adesso. Aspettami. Ritornerò."

"Ma..."

"Dammi retta, figliolo. Mi farò vivo tra mezz'ora. Come hanno trovato il tuo indirizzo possono trovare il tuo numero di telefono sulla guida, per cercare di incassare. Non muoverti."

Aprì la porta e diede un'occhiata a Louise che li guardava piangendo.
"Non lasciarla sola", riprese. "Potrebbe avvertire la..."
La fine della frase gli rimase bloccata in gola. Aspirò con forza e finalmente terminò quello che stava dicendo: un'enormità per un duro del suo stampo.
"E anche se lo facesse, la scuserei. Noi però non abbiamo il diritto di lasciarle avvisare i poliziotti. A fra poco."
Lo Svedese lo ascoltò scendere rapidamente le scale. Poi, dolcemente, attirò la sua donna su un divano, la fece sdraiare e le si sedette vicino senza lasciarle le mani.
Louise rimase a lungo prostrata, scossa di tanto in tanto da bruschi singhiozzi. Poi, con gli occhi stravolti, disse:
"Non è colpa mia, Jo. Lo sai. Perdonami. Avrei preferito che mi..."
Una crisi di nervi le impedì di proseguire. Con le unghie tormentò la mano del marito.
"Calmati, piccola", diceva lo Svedese con voce sorda. "Non è colpa tua. Abbi fiducia in noi. Tony e io ritroveremo il bambino. Lo so, quello che vogliono."
Louise si alzò di scatto, pazza di speranza.
"Che cosa vogliono, Jo? Dimmelo."
Lo Svedese la costrinse con dolcezza a sdraiarsi di nuovo.
"No, piccola. Non posso dirtelo. Ma quello che vogliono, glielo darò." *La mia parte, se non altro*, pensò mentre il campanello d'ingresso trillava.
Impugnando una rivoltella, andò ad aprire. Era il Lionese. Da una mano gli pendeva la valigia del malloppo.

"Andiamo in camera tua, Jo. Louise non deve sapere niente."

Gettò la valigia sul letto dello Svedese e l'aprì. I centoventi milioni c'erano tutti, sani sani.

"Ecco un bel gruzzolo", disse. "Se i terracotta telefonano per averlo, e va bene, glielo daremo."

Lo Svedese protestò.

"No, Tony, non tutto. Non la tua parte, né quella di Cesare. Non ho il diritto..."

"Lascia correre, Jo. Potremo già dirci fortunati se accetteranno la grana. Forse pretenderanno i brillanti."

Tirò fuori da tasca una sigaretta, l'accese e guardò il compagno d'infanzia. Il fumo non gli attenuava la durezza dello sguardo.

"Adesso, Jo, devo avvertirti che mi butterò allo sbaraglio per cercare di far fuori i Sora. Non mi fa piacere dover sganciare anche un solo centesimo a quella gente, puoi star sicuro."

Con gli occhi studiò la parete che li separava da Louise.

"Solo che, se mi accorgo che può danneggiare il piccolo, mollo tutto", riprese, "la grana e il resto."

Si riabbottonò il soprabito e annodò la sciarpa.

"Tu resta qui."

Alzò una mano prevenendo un gesto dell'amico.

"Lo so che per te è duro aspettare senza far nulla. Ma non c'è altro mezzo. Non devi allontanarti dall'apparecchio. Io ti telefonerò ogni mezz'ora. Che ci siano notizie o no. Quanto a te, se te lo chiedono, va' da loro, porta i quattrini. Quando ci vai, però, non dimenticare di lasciar detto a Louise dov'è l'appuntamento. O, se Louise non sta bene, al vecchio Fredo. Telefonerò, anche a lui, ogni ora. Mi tengo la tua macchina..."

15

Le ore scorrevano piene di angoscia per lo Svedese. Da quando Tony era uscito, non aveva staccato gli occhi un istante dal telefono accanto al quale si era seduto. La sua vita era sospesa a quel coso inerte da cui pendeva un lungo filo nero.

Nella stanza attigua, Louise, imbottita di gardenal, dormiva. Una fascia le cingeva il ventre nel punto in cui il caffellatte l'aveva colpita con un calcio. Per calmarla erano dovuti ricorrere al farmaco tanto che, lì, sotto le coperte, pareva morta. Un sudore leggero le bagnava il labbro superiore. Il suo bel viso era cadaverico, salvo l'occhio sinistro, violaceo per il colpo di Pierre Sora.

Vicino a lei, Marinette, la donna di Fredo il bettoliere, leggiucchiava un libro. Lo Svedese le aveva chiesto di vegliare Louise. Per quelli dell'ambiente, Marinette era "mammà". Era la discrezione in persona. Inoltre era molto affezionata a Louise e al piccolo Tonio. Jo poteva contare su di lei se fosse stato costretto a uscire subito.

Il fruscio delle pagine giungeva all'orecchio dello Svedese. Per la decima volta, quella sera, il telefono gracchiò. Allungò svelto una mano.

"Pronto, pronto!" fece, schiacciando nervosamente la cicca.

Era la voce di Tony. Di nuovo lui. Da, quando si era

messo a setacciare la capitale per carpire un'informazione sui Sora, non aveva mai mancato di telefonare, dal punto in cui gli capitava di trovarsi. Qualche volta a Fredo; più spesso a Jo.

"Niente ancora, Jo?"

Un sospiro di delusione sgorgò dal petto dello Svedese. Dal modo in cui Tony aveva fatto la domanda, si capiva che nemmeno lui aveva novità.

"No", rispose. "Aspetto."

Tony, dall'altro capo del filo, lo incoraggiò.

"Non muoverti, Jo. Me la sbrigo da solo. Devo andarci piano però. Non posso sbottonarmi troppo sul motivo per cui cerco i terracotta. Non voglio che arrivi qualcosa all'orecchio dei questurini. Ci mancherebbe che venissero a sapere che ti hanno portato via il bambino. Vi chiamerebbero, te e Louise, e sarebbero anche capaci di metterti dentro se non vuoi cantare."

Il Lionese s'interruppe. Di colpo, il rumore della tosse giunse ai timpani di Jo.

"Pronto? Pronto? Tony! Non stai bene?"

Posò lo sguardo sulla pendola. Già l'una. Non doveva far caldo, fuori. Si gelava. Aspettò che l'attacco dell'amico cessasse.

"Dovresti tornare e metterti a letto. Non troverai niente, stasera. Forse si faranno vivi loro."

Udì l'amico sputare, il fruscio della tela, poi di nuovo la voce di Tony che borbottava:

"Mollare? Neanche da pensarci. Vado fino alla Bastiglia a trovare Lulu il Giocatore. È abbastanza in buoni rapporti coi terracotta del suo quartiere. Forse ci potrà dare una mano... A fra poco".

Jo riappese. Passò una mezz'ora. I mozziconi si ammucchiavano nel portacenere. La bottiglia che lo Svedese aveva tra i piedi, sul pavimento, era per tre quarti vuota. Sulla tela chiara del divano faceva macchia la pelle scura della valigia che conteneva i centoventi milioni. Vicino a essa, lucido e pronto, c'era il Thompson del Lionese. Nelle tasche del trench buttato su una sedia, due pistole, pronte anch'esse a vaporizzare il loro veleno.

A capo chino, occhi semichiusi, una ciocca bionda sulla fronte, lo Svedese si tormentava le ginocchia. Alzò una mano per togliere la cicca che gli bruciava le labbra. Ma la mossa cambiò traiettoria. Sollevò il ricevitore.

"Sì? Tony?"

Il cuore gli battè più forte nel petto. La voce gli era sconosciuta.

"No", diceva, "non è Tony. Sei tu, Svedese? Lo sai chi sono? Sì?"

Una pausa e poi:

"Se vuoi riavere il pacco che hai perso, ascoltami bene... Come? Cosa borbotti?"

Lo Svedese non aveva aperto bocca. Ma, senza accorgersene, aveva afferrato un bicchiere. E il bicchiere gli si era frantumato in mano.

"Mi ascolti?" riprese la voce.

"Sì", rispose in un soffio lo Svedese.

Il sudore che gli inondava il viso contratto ricadeva sul disco dell'apparecchio.

"Bene", continuò il suo interlocutore. "Il mio orologio fa le due meno venti. Trovati alla stazione del metrò di Bagnolet alle due e dieci spaccate. Da solo. Con quello che sai. Senza armi. Ho detto da solo e non armato", precisò la voce in tono minaccioso. "Lo sai cosa succederebbe se..."

Lo scatto all'altro capo del filo fece indietreggiare lo Svedese come se si fosse preso una zuccata in piena faccia. Si scosse, tolse un frammento di vetro che si era conficcato nel palmo e si vestì rapidamente. "Mammà", chiamò a bassa voce.

La vecchia di Fredo, sessant'anni passati, ormai, arrivò camminando sulla punta delle scarpe a tacchi bassi.

"Sì, Jo?"

"Devo andarmene", disse lui. "Resti con Louise. Non so quanto tempo starò fuori."

"Non preoccuparti, Jo."

Gli vide in mano la valigia, vide sul divano il Thompson e le due pistole che vi aveva gettato. Voltò il capo. Tutta quell'artiglieria, la sparizione del piccolo che, a quanto era stato detto, si trovava in campagna, la incuriosivano. Ma non lasciò trasparire nulla. Un tempo, con Fredo... Prima che lui si ritirasse dagli affari...

"Tony telefonerà", risprese Jo. "Gli dica: Bagnolet alle due e dieci. Lui capirà. Ma gli dica di non venire. Anche di questo capirà il perché. Buona sera, Mammà."

Lo Svedese allungò un biglietto da mille al taxista.

"Va bene", disse, vedendo che quello faceva il gesto di frugarsi per il resto. "Tieni pure."

L'autista sorrise, ingranò la marcia e partì.

Con la valigia ai piedi, Jo si addossò alla stazione del metrò. La sua massiccia figura si stagliava nella notte. L'aria era viva, il cielo chiaro. Il duro, con le orecchie tese, pronte a carpire il minimo rumore, si diede uno sguardo attorno. Non un'anima. Nessuno circolava in quel quartiere di lavoratori. I borghesi russavano. Riprendevano le forze per tornare al lavoro. Lo Svedese guardò l'orologio. Le due e un quarto. Che non venissero, gli algerini? Lo avevano forse preso in giro? Oppure gli facevano la guerra dei nervi per tenerlo più saldamente?

Trasse di tasca un pacchetto di sigarette e ne prese una. Non fece in tempo ad accenderla. Un rumore di passi: un'ombra uscì dal buio di un portone. Il chiarore della notte consentì allo Svedese di scorgere un rosario in mano al tipo. Benché non ci avesse mai parlato, conosceva i Sora di vista. Riconobbe Alì.

L'algerino attraversò la strada.

"Non muoverti", intimò.

Sempre tenendo d'occhio lo Svedese, diede uno sguardo sospettoso in giro. Nessuno. Fischiò leggermente per tre volte, fra i denti. Da una via laterale, comparvero i fari di un macinino. La macchina percorse il tratto di Boulevard Charonne e, col motore acceso, venne ad affiancarsi al marciapiede davanti alla stazione.

"Sali", ordinò l'algerino giovane.

Jo riprese la valigia e obbedì. Alì gli si incollò alle costole. Seduto al volante, il gestore del Cimeterre d'Or lanciò la quindici cavalli. In fondo alla macchina, Pierre Sora si scostò per far posto allo Svedese. Sulle sue ginocchia si intravedeva nell'ombra la canna di una pistola.

Le luci posteriori della quindici cavalli erano appena sparite oltre l'angolo del cimitero Père-Lachaise, quando un tizio vestito di scuro sbucò all'angolo fra Rue Charonne e il Boulevard dello stesso nome.

Era Tony, con le mani sui fianchi e una rivoltella in ciascuna mano. Gettò uno sguardo verso la stazione del metrò. Nessuno. Sacramentò, rinfoderò rapidamente le armi e ritornò verso la macchina dell'amico, una decina di metri più in là.

Quando lo Svedese si trovò stretto tra i due algerini, Pierre Sora, toccando la valigia con la punta di una scarpa, s'informò:

" È la merce?"

"Sì", rispose lo Svedese. "E il bambino?"

"Sta bene. Ti aspetta."

"Dove?"

"Lo saprai. Adesso zitto."

Con gesto meccanico, lo Svedese si portò una mano al soprabito. Alì, con gli occhi lucenti nell'oscurità, gli spinse la canna contro il fianco.

"Voglio fumare", disse lo Svedese.

"Me ne frego. Sta' fermo."

Pierre Sora tirò fuori una sigaretta, l'accese e la passò a Jo.

"Meglio per te se non fiati. Alì ha il grilletto facile."

Il risolino dell'autista confermò quelle parole.

Quando la bagnarola imboccò Rue Louis-Blanc, il maggiore dei Sora si tolse la sciarpa e la gettò sulle ginocchia di Alì.

"Bendagli gli occhi."

Aveva un odore piuttosto asfissiante, quel foulard: il tipo di profumo muschiato di cui gli algerini vanno pazzi. Allo Svedese penetrava nel cervello a ondate sconcertanti.

"A che gioco giochiamo?" ringhiò. "A guardie e ladri?"

Alì non aveva l'aria di giocare.

"Vuoi startene zitto?" fece. "Vuoi chiuderlo, il tuo lurido becco?"

E, col pugno armato, colpì il giovanottone sotto la cintura.

"Porco d'un..."

Il resto dell'imprecazione gli rimase in gola. Due

canne, con sincronia commovente, gli si erano appoggiate, una a destra e l'altra a sinistra, contro le costole.

Lo Svedese inghiottì la rabbia.

Poco dopo la macchina si fermava. Alì scese per primo, infilò di nuovo il capo nell'interno, afferrò lo Svedese per la manica e ordinò seccamente:

"Scendi... Tieni le mani davanti a te".

Il rumore di una chiave che fruga una serratura. Una porta che si apre. Di nuovo la voce di Alì.

"Attenzione. C'è uno scalino."

Lo Svedese alzò il piede. La porta si richiuse senza rumore. La benda cadde. Jo sputò il mozzicone. In cima alle scale, Pierre Sora lo aspettava con la valigia in mano.

"Vieni", gli disse.

In strada il motore della bagnarola ruggì. Poi il suono si affievolì.

Con la canna di Alì puntata alle reni, lo Svedese cominciò a salire. Pierre spinse una porta e girò un interruttore. La luce svegliò il gestore dell'albergo, che dormiva avvolto in una coperta su un divano lurido.

"Ah! È lei", disse quello, fregandosi gli occhi.

"E il moccioso?" interrogò Pierre.

"Sta bene. Dorme. Si era messo a piangere un po'. Poi si è calmato. È carino il piccolo..."

Alì tagliò corto.

"Occupati dei cavoli tuoi!"

Lo Svedese fulminò l'algerino con uno sguardo feroce, poi, istintivamente, si voltò verso l'altra stanza.

"Sì, è là", disse Pierre. "Solo che... Aspetta", aggiunse vedendo che lo Svedese aveva accennato a muoversi. "Aspetta!" ripetè alzando la pistola.

Si rivolse al gestore.

"Tu, fai vela."
"Ma..." protestò l'altro.
"Ti ho detto di sparire", sospirò il capo con voce annoiata. "Su, hop!... Incasserai anche te."
Tese l'orecchio per ascoltare i passi del tirapiedi che andava a terminare la notte in una delle camere a ore.
"Così va meglio, siamo in famiglia", riprese con un sorriso sinistro. "Perquisiscilo, Alì!"
Sotto la mira del fratello maggiore, lo Svedese non fiatò quando si sentì addosso le mani del minore che lo frugavano minuziosamente.
"Niente in tasca né altrove", annunciò il terracotta rialzandosi.
Pieno di diffidenza, si era inginocchiato per palpare allo Svedese anche il fondo dei pantaloni. Jo si spazientì.
"Quello che volevate l'avete, no?... Allora ci siamo visti abbastanza. Prendo mio figlio e me ne vado."
Risolutamente si diresse verso l'altra stanza. Ma Alì lo fermò.
"Un momento! Dobbiamo prima dare uno sguardo a quello che ci hai portato. Dopo ti accompagneremo indietro noi. Figurati se vogliamo darti la possibilità di ritrovare il nostro nascondiglio."
E, siccome lo Svedese non si era fermato, con due balzi felini lo raggiunse e lo colpì alla nuca con la pistola. Si prendeva troppe libertà, Alì. Il duro incassò senza batter ciglio, poi virò bruscamente di tre quarti. Col pugno destro fendette l'aria e colse il giovane terracotta al pomo d'Adamo. Un sibilo, come quello di una gomma che si sgonfia, uscì dalla gola dell'algerino che vacillò prima di crollare. Per finirlo, lo Svedese stava per mollargli un calcio, quando un latrato secco lo arrestò:

"Fermo, Svedese!"

Pierre Sora si avvicinò con uno sguardo cattivo. Era in collera, il capo tribù. Aveva le dita bianche, tanto stringeva la pistola.

"Figlio di..." sbraitò.

Lo Svedese se la sarebbe sorbita, la raffica, lo presentiva. Misurò con l'occhio la distanza che lo separava dal Sora. Non si sarebbe lasciato sforacchiare così, come un cretino. Un grido leggero gli sconvolse le viscere. Si immobilizzò fremente. Dio, suo figlio!

"Papà!"

Lo Svedese voltò la testa e balzò verso il piccolo, che, mezzo nudo, gli tendeva le braccia. E gli domandò ansioso, con tenerezza:

"Stai bene, omettino? Stai proprio bene?"

Con la grossa mano maldestra, accarezzò i capelli, la testolina del figlio, poi se lo strinse tutto contro il petto da gigante.

"Ho sentito bum!" disse il piccolo all'orecchio del padre. "Mi sono svegliato. Dov'è la mamma?"

Lo Svedese era raggiante.

"La vedrai, caro."

Tendendo le braccia, allontanò da sé il bambino, lo contemplò avidamente, si accorse che aveva gli occhi febbricitanti e le guance rigate di lacrime ormai asciutte.

"Dio!" ringhiò voltandosi verso Pierre Sora. "Se me lo avete..."

Alì, che si era faticosamente rialzato, lo interruppe.

"Chiudi il becco!"

Aveva il vestito macchiato di polvere. Gli occhi gli brillavano selvaggiamente. La pistola che aveva in mano tremava.

"Se non chiudi il becco ti..."

"Basta, Alì!" ordinò il fratello. "Aprimi questa valigia."
L'algerino giovane ubbidì, brontolando. Si trasfigurò in viso quando apparvero i bigliettoni.
"Porca miseria!" esclamò, col fiato mozzo. "Porca miseria!"
Pierre che, in disparte, sorvegliava lo Svedese, domandò:
"Quanto?"
"Centoventi milioni", rispose l'altro.
Pierre accennò di sì col mento.
"Va bene. Quando avremo contato, vi porteremo via. Come vedi, stiamo ai patti. Cerca di starci anche tu. Dimentica questo colpo e di' al Lionese di lasciar correre."
Rinculando andò a sedersi sul divano, accanto alla valigia. Prese a caso un biglietto, lo esaminò, lo rimirò davanti a una lampada e borbottò:
"Va bene. Non sono falsi. Svedese, adesso puoi andartene. Vi accompagnamo".
Si voltò verso il fratello.
"Alì, fa' preparare la macchina e di' a..."
Di colpo preoccupato, smise di parlare e scrutò il fratello minore che, sventolando un pugno di banconote, si era rivolto allo Svedese, pieno di rabbia.
"Che ti prende? Qualcosa non va?"
"Certo che qualcosa non va!" sibilò il terracotta giovane. "I giornali hanno parlato di duecentocinquanta milioni, no? E lui, quanti ce ne porta? Solo centoventi. Senza scherzi! E, per cominciare, dove sono i brillanti? Sono i brillanti che voglio, io!"
Lo Svedese stentava a controllarsi.
"Eccoli, i brillanti", spiegò. "Li abbiamo dati via. Credi forse che le sgrinfie paghino l'intero valore?"
Riportò lo sguardo sul Sora maggiore e aggiunse:

"Spiegaglielo, al tuo fratellino. Non ha l'aria di essere molto al corrente di questo genere di affari".

" È giusto, Alì", approvò Pierre. "Il tipo ha ragione. Ci si perde sempre la metà in questi traffici. I ricettatori non si scomodano per poco. Dovresti saperlo."

"A te, non ho chiesto niente", ruggì Alì scaraventando i biglietti sul divano. "È con questo fottuto che ce l'ho."

Trasudava odio, il drogato. Con la canna, scossa da un tremito pericoloso, indicava lo Svedese. Questi, pallido di paura al pensiero del pericolo che correva il suo Tonio, rimise il bambino per terra. Sentì le braccine che gli stringevano la coscia muscolosa. Con la zampona, accarezzò i riccioli pigiati contro la falda del soprabito.

Impaurito dall'aspetto alterato di Alì, il piccolo gemeva:

"Papà.. papà... portami via..."

"Perdio!" urlò lo Svedese a Pierre Sora. "Di' a tuo fratello di smetterla. Mette paura al mio figliolo, non vedi?"

"Calma, Alì", fece il maggiore conciliante. "Abbiamo quello che volevamo. Dunque?"

"Taci", comandò il terracotta giovane. "Non voglio essere preso in giro da questo fregnone. O i brillanti o i duecentocinquanta milioni. Non un soldo di meno. Non ci resta che tenercelo qua, in attesa che si faccia portare il resto dei quattrini dal Lionese."

Scoppiò in una risata da pazzo e proseguì:

"Non temere... Il Lionese correrà come un dannato a portarci il resto del grano che avevano nascosto. Lascia fare ad Alì, ti dico. Vedrai che intascheremo una bella sommetta".

La sua risata si spense. Le narici gli si dilatarono. Una luce demente gli brillò negli occhi.

In tono brutale intimò:

"Su, Svedese! Sbarazzati del ragazzino. Lui tornerà a letto. Tu invece scenderai con Pierre per telefonare al Lionese. Capito?"

Jo tentò di protestare.

"Ma, insomma, se ti dico che..."

"Taci", tagliò corto Alì. "Faremo come ho detto. Non diversamente."

Pierre Sora scrollò le spalle e si avvicinò al fratello minore.

"Sei scemo? Non c'è più neanche un soldo da spremere. Smettila. Sono io che comando... Capito?"

"Me ne faccio un baffo di te", replicò Alì lanciandogli uno sguardo di sfida. "Ne ho abbastanza delle tue fesserie. Per quel che ci ha guadagnato Ahmed ad ascoltarti! Da questo momento faccio quello che mi pare."

E, per sottolineare la sua decisione, tirò fuori un'altra pistola e la puntò contro il fratello. Le sue labbra di drogato erano orlate di schiuma.

"Ti accoppo, Pierre. Lo sai che ti accoppo?"

"Certo che mi ammazzi!" sibilò il maggiore diventando verde. "Tu non pensi che a questo. E credi che mi lascerò far fuori così, senza fiatare?"

Indicò lo Svedese col mento.

"E lui rimarrà lì, ad ammirarci? Ne approfitterà, pezzo di coglione!"

Un po' sconcertato, Alì brontolò chissà che cosa, rinfoderò controvoglia una delle pistole e aggiunse:

"È vero... Solo che quello che ho detto non cambia per niente. Voglio i brillanti o il resto della grana e lo avrò. Per cominciare cerchiamo di metterci in contatto col Lionese. E non stiamo ad ascoltare chiacchiere".

Lo Svedese allungò una mano pacificatrice.

"Non essere testardo", disse. "Tony non può darvi niente altro. Qui c'è tutto, proprio tutto. Ecco, te lo giuro su mio figlio. Mi credi?"

Con un gesto automatico da drogato, Alì si passò il pollice sotto il naso e aspirò con forza. Una smorfia di delusione gli torse la bocca. Si frugò frenetico in tasca, trovò un po' di polvere in una cartina, ne aspirò una presa. Le sue mani, scosse da un tremito, parvero divenire un po' più ferme. Con maggiore decisione, puntò l'artiglieria contro lo Svedese.

"Certo che ti credo!" ridacchiò. "Su, saluta il marmocchio, che lo mando a dormire. Svelto."

Per Dio! pensò lo Svedese scorgendo il labbro appiattito di Alì. *Louise aveva ragione. Somiglia proprio a una iena, questo tipo!*

"Ascolta", disse. "Cerca di ragionare. Tony non può più recuperare i brillanti. Non sa neanche dove si trovano. Quanto alla grana, questo è tutto quello che abbiamo. Parola mia..."

"Non ci sto alle tue chiacchiere", s'intestardì il giovane terracotta. "Manda a letto, il ragazzino."

Bruciando di collera lo Svedese implorò il maggiore dei Sora. Questi però allargò le braccia in segno d'impotenza.

"Non ci posso far nulla", disse. "Mio fratello crede che ci abbiate imbrogliati." Una scintilla gli scoccò negli occhi scuri. "Lo so che si sbaglia per tutta la somma, conosco le sgrinfie. Ma, dopo tutto, è possibile che abbiate ricavato qualcosa di più di centoventi milioni. Se è vero, ti conviene telefonare al tuo amico. Prima ti decidi, prima potrai portarti via il marmocchio."

Lo Svedese strinse i denti. In un vicolo cieco, si trovava! Se avesse potuto parlar loro del Levantino, tornare a Londra e convincere il ricettatore? Se avesse potuto rendergli i quattrini e riprendersi i brillanti? Sì, certo. Ma era impossibile. La merce poteva trovarsi in qualsiasi posto, oramai. In un angolo d'un vapore, nella carlinga di un aereo. Vallo a sapere dove! In ogni modo, il colpo era fatto e bisognava abbozzare. Il Levantino, anche volendo fare un piacere a Jo, non sarebbe tornato indietro. Non poteva. Non era solo nella banda dei brillanti...

Alì si irritava sempre più.

"Allora, scendete?"

Jo si chinò sul figlio.

"Va' a coricarti, piccolo. Cerca di fare la nanna. Io torno subito."

Più dolcemente che poté, cercò di allontanare da sé il bimbo che gli piagnucolava contro la gamba.

"No, no, papà. Non voglio che mi lasci. Voglio tornare a casa."

Lo Svedese sollevò il piccolo che, adesso, urlava di paura. Guardò Pierre Sora e abbozzò una specie di smorfia.

"Lo porto con noi", disse. "Avrà meno paura che qui. Non ti disturba?"

Il maggiore degli algerini alzò le spalle.

"Me ne frego. Ma fallo star zitto. Mi dà sui nervi sentirlo frignare così."

"Su, su, da bravo, omettino", mormorò lo Svedese al figlio. "Non piangere. Adesso cercheremo di parlare con lo zio Tony, vuoi?"

Mentre cercava di calmare il ragazzino, si spremeva il cervello. *Che fare? In ogni caso, Tony non saprà dove raggiungerci. Non gli daranno il loro indirizzo. Gli fisseranno un appuntamento come a me. A una stazione di metrò o da qualche altra parte. E cosa ne ricaveremo? Non potrà esserci di grande aiuto. Almeno non ci fosse il piccolo...*

Vedendo che Pierre Sora si avviava alla porta, si affrettò a seguirlo. Alì lo fermò:

"Ti ho detto di lasciare qui il marmocchio. Questi sono capricci! Mollagli un paio di sberle se non vuole ubbidire".

Schiumava, il giovane Sora. Ci godeva a tenere sotto i piedi uno dei duri più quotati di Parigi. E, per via del figlio, sentiva di avere Jo saldamente in pugno. Ne approfittava. La cosa gli faceva provare un'eccitazione tutta speciale. Sbraitò:

"Su, rimettilo a terra, il tuo moccioso".

La faccia dello Svedese di colpo si svuotò del sangue.

Pierre, seccato, gli consigliò:

"Fa' come ti dice. Non perdiamo tempo con questo svitato".

Alì si limitò a ridacchiare. Parlasse pure, il fratello! Anche lui, con un rosario in mano, era all'altezza di uno Svedese. Una sensazione impagabile!

Jo rimise a terra il bimbo. Che cosa non avrebbe dato per trovarsi chiuso in una stanza, solo con Alì, per un corpo a corpo, all'ultimo sangue!

"Su, va'!" disse al piccolo.

Gli indicava la stanza vicina, senza luce, da cui provenivano odori poco gradevoli.

"Su, va'. Papà ritorna..."

"Ma..." recalcitrava il bimbo, "voglio..."

Con uno scatto da belva, Alì gli fu addosso, lo afferrò per un braccio e lo trascinò via dal padre.

Il piccolo, folle di terrore, si dibatteva inutilmente e gridava:

"Papà! Papà!"

Il maggiore dei Sora, prevenendo la reazione dello Svedese, gli piantò il rosario fra le reni.

"Non fare il fesso", intimò. "Sta' attento."

Con cautela, girò intorno al duro.

"Metti le zampe dietro la schiena e non muoverti."

E il padre ubbidì. Era livido. Dio santo! Che sforzo gli costava! Tremava di rabbia e di paura per il suo piccino. Alì gli metteva fifa. Tanto peggio. Perso per perso, valutò le sue possibilità. Bisognava essere svelto. Non perdere un secondo. Prima di tutto, far fuori Alì, il peggiore dei due. Anche se, poi, lui si buscava qualcosa, e non c'era da dubitare che il maggiore avrebbe scaricato, sentiva che Pierre non avrebbe toccato il bambino. Perciò...

"Papà!" urlò il piccolo Tony, tenuto saldamente dal terracotta.

La mano destra dello Svedese entrò in azione. Risalì lungo la schiena, sotto la manica sinistra. Lì, fissato all'avambraccio con dei cinghietti di cuoio, c'era un coltello triangolare, una specie di pugnale da gladiatore comperato a una fiera di periferia. Alì l'aveva tastato in ogni piega, ma non conosceva il trucco, l'algerino! Adesso avrebbero visto, i terracotta, come si lancia un coltello. Per salvare il piccolo bisognava mirare giusto. Alla gola. Appena sopra il colletto lurido. Certo che il maggiore lo avrebbe imbottito di piombo... E con questo?... Poteva anche mancare il bersaglio...

Fu lo schiaffo di Alì al piccolo a far scattare la mano omicida. Tenendo la lama per la punta, Jo la lanciò di sorpresa, con una contrazione della spalla destra. L'acciaio fischiò... Ma il piccolo Tony, dibattendosi, salvò il terracotta. Alì si era mosso per dargli un altro schiaffo. La lama, nella sua corsa micidiale, gli sfiorò il collo e andò a piantarsi, vibrando, in un armadio di legno bianco.

Comprendendo di aver mancato l'occasione e non aspettandosi complimenti dagli algerini, lo Svedese si buttò a capofitto nella traiettoria del coltello. Alì, senza abbandonare il piccolo, gli scaricò la pistola nel ventre. Pierre Sora, sfiorato dallo Svedese, fece un balzo indietro e, a sua volta, fece fuoco. Tutto il caricatore. Lo Svedese girò su se stesso, fulminato nel suo slancio.

"Papà!... Papà!..." urlava Tonio.

16

Tony schiumava di rabbia guidando la macchina dell'amico. Per un pelo aveva mancato i Sora, al metrò di Bagnolet. Se fosse arrivato in tempo, forse tutto sarebbe cambiato. Con un po' di fortuna e di fegato, avrebbe potuto impallinare uno dei terracotta e saltare al collo dell'altro per costringerlo a spifferare dove avevano nascosto il piccolo di Jo. Eppure, pensandoci bene, sapeva di non avere il diritto d'andarci, all'appuntamento. Aveva fatto una fesseria. I caffellatte erano furbi. Stavano sul chi va là, certamente. Poi, c'era la vita del bambino di mezzo. Tony non ci aveva pensato due volte quando Mammà, al telefono, gli aveva detto che Jo era andato all'appuntamento. Aveva pensato solo a precipitarsi nella speranza di salvare tutto: la grana e il resto. Ora si dava del cretino senza risparmio. Si rimproverava di essere stato così impulsivo.

Gli bruciava di essere stato fatto fesso dai terracotta, ecco che cosa lo spingeva ad agire senza riflettere. Non sarebbe dunque stato capace di giocare d'astuzia come gli altri, di dimostrare un po' di diplomazia? Doveva proprio precipitarsi sempre con l'artiglieria in pugno? Per quel che ne aveva ricavato coi Sora! Più astuti di lui e di Jo, si erano mostrati. Sì, è vero... ma, rapire un bambino... Chi poteva pensare che quei caproni avrebbero osato un colpo simile?

Per calmarsi non gli restava che una cosa: salire da Jo e aspettare che tornasse insieme al bambino. Tutto questo sarebbe costato centoventi milioni. Potevano andarsi a nascondere in capo al mondo, i Sora, ma non l'avrebbero passata liscia. Fino a quando avrebbe avuto una sola goccia di sangue da sputare nel fazzoletto, lui li avrebbe braccati. E avrebbe finito per farli fuori. Con le sue mani.

Salì fino all'appartamento dello Svedese e suonò. Mammà, con gli occhi annebbiati per la veglia, venne ad aprirgli. Levando la catenella, domandò subito:

"Allora, Tony? Hai raggiunto Jo?"

"No, Mammà", rispose lui, scuotendo la faccia pallida dalle guance scavate. "Sono arrivato troppo tardi. Jo non c'era più. E Louise, dorme ancora?"

"Sì. Poco fa era agitata. Ora sta meglio."

Il Lionese avanzò nell'ingresso, si tolse il cappello e si passò le dita lunghe tra i capelli, argentati alle tempie.

"Resta qui, o vuole che la porti a casa, Mammà?"

"Rimango", rispose la vecchia. "Credo che ci sarà bisogno di me, se non sbaglio. Quando non ce la farò più, mi sdraierò vicino a Louise."

"Come vuole, Mammà", disse Tony. "Io vado nel salotto ad aspettare Jo. Cerchi di fare un sonnellino."

In salotto scorse sul tappeto i cocci del bicchiere infranto, vide la bottiglia quasi vuota, e sospirò. Si tolse il soprabito dopo aver tirato fuori l'artiglieria che ne deformava le tasche e gettò ogni cosa accanto al Thompson. Provò ad accendere una sigaretta. Il fumo lo fece tossire. I polmoni devastati cominciavano a dargli noia. Soprattutto quello destro. Nell'enorme cavità all'apice gorgogliava un rantolo. Tony schiacciò la sigaretta col pollice e si chinò verso la bottiglia. La vuotò d'un fiato. L'alcool gli riscaldò le viscere, gli avvampò le guance. Qualcosa gli risalì in gola. Scatarrò un grumo denso, sanguinolento.

Tremiti di febbre gli scuotevano la carcassa. Aveva i piedi e le mani gelati. Si stese sul divano. Il suo sguardo si fermò sul Thompson; ma senza distinguerlo.

Due ore dopo, Mammà lo trovò nella stessa posizione. Ronfava con la bocca aperta. Il sudore gli bagnava le tempie. La donna gli tolse le scarpe, gli gettò sopra una coperta di lana, la rimboccò, spense la luce e se ne andò in silenzio.

Verso le nove, alcune grida riscossero Tony dal sonno agitato. Trasalì, allungò istintivamente la mano verso un'arma.

Era Louise che reclamava il figlio. Mammà faticava a tenerla ferma. Il Lionese infilò la pistola nella tasca dei pantaloni e si avvicinò al letto. Lui stesso era sorpreso. Interrogò Mammà con gli occhi.

"Nulla", mormorò la vecchia. "Non sono tornati."

"Non temere, Louise", disse Tony, prendendole la mano. "Non tarderanno."

Non tarderanno? Mammà tese l'orecchio. I suoi sospetti non erano infondati dunque? Il bimbo non era in campagna. Stava succedendo qualcosa e lei, dopo l'esperienza vissuta con Fredo, si aspettava il peggio. Però, visto che nessuno le dava spiegazioni, non domandò nulla. Louise si lamentava.

"Jo... Dov'è Jo? Come mai..."

"È uscito a prendere il piccolo", l'interruppe il Lionese. "Non preoccuparti. Tra poco saranno qui."

Ma non ci credeva. Doveva essere successo qualcosa. Cosa? Aveva un bel rompersi la zucca, ma non riusciva a immaginarlo. Erano ormai diverse ore che i Sora avevano incassato il gruzzolo e lo Svedese avrebbe già dovuto essere di ritorno col suo piccolo. A meno che...

Ciò che gli era passato per la mente gli fece distogliere gli occhi da Louise. Non aveva il coraggio di guardarla. Impacciato, le lasciò la mano e disse:

"Mammà rimarrà con te, Louise. Telefonerà al medico. Io devo andarmene. Devo passare a casa a cambiarmi..."

Abbozzò un sorriso tentando di ridarle fiducia, poi terminò:

"... e a dar da mangiare agli uccellini".

Mammà lo seguì in salotto e lo aiutò a rivestirsi. Anche lei era inquieta.

"Cosa devo fare, ragazzo?"

Con mano stanca, Tony le batté la vecchia spalla.

"Abbia cura di lei, Mammà. Non la lasci. Cerchi di farle fare una puntura dal medico. Bisogna che dorma il più possibile. Per evitare di pensare. Lungo la strada, avvertirò Fredo. Gli dirò che lei è occupata. Capirà, vero?"

"Certo che capirà. Non sono indispensabile in bottega. È una cosa seria, eh, Tony?"

Con gli occhi che ne avevano viste tante, implorò una confidenza.

"Sì, Mammà, credo di sì", mormorò Tony. "Ecco perché ho bisogno di sentirmi libero, di sapere che Louise non è sola."

"Mi occuperò io di lei, ragazzo."

La vecchia lo accompagnò fino alla porta, lo guardò con tenerezza amara; ne conosceva, lei, di uomini simili.

"Va'", gli disse. "E bada di non romperti la testa."

In un batter d'occhio, il Lionese fu a casa sua. Si fece la barba e una doccia. Fisicamente si sentì meglio.

Dopo aver sgridato Dorotea che, come al solito, aveva malmenato Charlot, si vestì tutto di nuovo: un vestito, un soprabito acquistati da Thomasini. Da un cassetto prese un milione e mezzo, il denaro arraffato al poker. Se lo mise in tasca. Ne aveva bisogno per gli algerini della Charbonne. Doveva farli cantare a qualsiasi costo. Doveva scoprire dove erano i Sora per metterli con le spalle al muro e impiombarli come cani arrabbiati.

Uscito di casa, fece un salto da Fredo. Mise al corrente il bettoliere e, al momento di aprire la porta per andarsene, s'imbatté in Mado.

Le bende della sua donna d'un tempo erano scomparse. Alcune cicatrici leggere le segnavano il viso. Per la verità, erano appena visibili. Un velo di cipria bastava a nasconderle.

"Che cosa combini da queste parti?" ringhiò l'uomo afferrandola brutalmente per un braccio. "Il tuo sporco terracotta ti ha forse incaricata di riferirmi qualcosa? Su, rispondi."

"Lasciami, Tony. Mi fai male", gemette lei.

Senza preoccuparsi dei passanti, il Lionese allungò l'altra mano e afferrò la donna per i capelli. Il suo pugno si contrasse nella folta capigliatura e la tirò indietro, selvaggiamente, verso la nuca.

"Mi fai male", gemette lei di nuovo.

Il dolore le bagnò gli occhi. Le lacrime le rotolarono sulle guance sciogliendo il trucco.

"Vuoi rispondermi?" sibilò Tony, avvicinando il viso a quello di Mado, sin quasi a toccarlo. "Dove si trova il tuo sporco terracotta?"

"Ero... ero venuta per dirti questo", mormorò lei.

"Come?" fece lui, sorpreso. "Sai dove si nasconde?"
Lasciò la presa e la guardò attento. Lei chinò il capo. I capelli le velarono una parte del viso.

"Sì", rispose Mado in un soffio. " È per questo che sono venuta."

L'afferrò e la trascinò nell'interno del locale. "Non potevi dirlo subito! Dove sono?"

"Alì non lo so. Pierre, però, è tornato a casa."

"Da molto?"

"Da un'ora. È fuori di sé. Sembra che il fratello gli abbia sparato addosso."

"L'ha colpito?"

"No, l'ha mancato. Per un pelo. Pierre ha avuto appena il tempo di squagliarsela."

Con un cenno, Tony ordinò due caffè al vecchio Fredo. "Perché se la sono presa tra loro? Lo sai?"

Con mano stanca quanto lo sguardo, Mado si tirò indietro i capelli.

"A quanto sembra", rispose, "almeno, a sentir lui, Pierre ha voluto impedire al fratello di fare fesserie. L'altro l'ha minacciato. E poi ha sparato. Pierre mi ha detto che..."

La donna distolse gli occhi e immerse il cucchiaino nella tazza. La mano le tremava.

"... che... che hanno rapito il figlio dello Svedese, ieri sera. È vero, Tony?"

"Che cosa te ne..."

Lei gli si attaccò al risvolto del soprabito.

"È per questo che ti cercavo. Non fargliela passar liscia, Tony. Un bambino..."

Il Lionese le sollevò il mento, la scrutò fino in fondo agli occhi e al cuore.

"Bene", disse. "Portami a casa vostra. Se però mi tiri in trappola, se vuoi farmi fesso..."

Fermò la macchina un po' prima di arrivare da Pierre Sora. Mado scese per prima e disse:

"Lasciami un po' d'anticipo. Vieni fra cinque minuti. Non chiuderò la porta. Ti basterà spingerla. Farò in modo di attirare Pierre nella stanza in fondo e di distrarlo con quattro chiacchiere. Ti ricorderai? La stanza in fondo".

"Va bene... Mi voglio fidare. In un modo o nell'altro..."

La minaccia le diede un fremito. Sparì nel palazzo. Il Lionese aspettò un poco, poi, con passo indolente, entrò a sua volta. Per le scale incontrò una massaia che scendeva per la spesa. Si fece da parte, si tolse il cappello come un tipo ben educato e riprese a salire. Col piede provò la porta del capo tribù. Il battente cedette. Tony scivolò rapidamente nell'interno. In ciascuna mano stringeva una pistola. Con le orecchie tese, le spalle curve, si diresse lentamente verso il fondo, dove si sentivano delle voci. Neanche quella porta era chiusa. Si fermò e rimase in ascolto.

"Ma insomma", diceva Mado, "che cos'hai? Sei tutto strano. Perché prepari le valigie? Non mi avevi detto che dovevi partire!"

"Taci!" comandò una voce maschile. "Fatti i cavoli tuoi."

Con un colpo secco della spalla, il Lionese spinse il battente.

Pierre Sora si voltò, livido. I suoi nervi dovevano aver ricevuto un brutto colpo. Per l'emozione, riconoscendo il Lionese, lasciò cadere una pila di camicie di seta.

"Ma..." balbettò davanti alla grinta assassina di Tony. "Cosa..."

Il Lionese, con una pistola, gli indicò un puff foderato di pelle d'Arabia.

"Posa il sedere su quell'affare", gli disse. "Non ti reggi neanche in piedi, a quanto pare... e..." si rivolse alla sua vecchia pollastra: "Va' a richiudere la porta dell'ingresso".

Aspettò che la donna tornasse. Poi, con occhio indifferente, privo d'espressione, guardò il terracotta.

"Racconta. Svelto."

Il caffellatte agitò le mani grasse.

"Tony, ti giuro che, in quanto al piccolo, l'idea non è stata mia..."

"Non m'interessa di chi è stata l'idea. Voglio solo sapere dove si trovano lui, suo padre e la grana. Dunque?"

Anche la voce, come lo sguardo, era smorta. Al terracotta metteva una fifa boia. Gli faceva venir voglia di vomitare. Non era il primo, d'altro canto, che aveva voglia di vomitare, davanti al Lionese.

"Dirti dov'è il piccolo, non posso", confessò finalmente muovendo la lingua con difficoltà. "Subito dopo aver lasciato l'albergo dove eravamo nascosti, ho telefonato e il gestore mi ha detto che Alì se l'era svignata portandoselo dietro."

"Quale albergo?"

"Il Primavera. In Rue Goutte d'Or."

"Continua."

L'algerino allargò le braccia.

"È tutto quello che so, Tony. Parola d'onore."

"Come se l'è svignata? Con quale macchina?"

"Non lo so, Tony. A piedi certo, perché la macchina l'ho presa io."

Forse fraintese un gesto del duro, poiché aggiunse frettolosamente:

"Ti giuro che è la verità. Su mio padre, su mia madre, sulle loro tombe, te lo giuro".

"E dove lo ha portato?"

Tony proseguiva l'interrogatorio con aria tanto fredda che il terracotta si portò una mano al viso come per proteggerlo.

Piagnucolava, il porco.

"Non te lo so dire. È completamente impazzito vedendo il malloppo. Crede che ne abbiate trattenuto una parte."

"Come mai ti sei fatto sparare addosso senza rispondere?"

L'algerino lanciò uno sguardo velenoso alla sua donna. Poi confessò in falsetto:

"Perché... avevo il caricatore vuoto..."

Una ruga solcò la fronte del Lionese.

"Il caricatore... E lo Svedese... Dov'è lo Svedese?"

Il terracotta chinò il capo. Le braccia gli ricaddero lungo il corpo.

"Lo hai accoppato, eh?"

E Tony, come un lampo, bilanciandosi sul piede destro, mandò il sinistro, con tutta la forza, in pieno viso all'omaccione. Pierre andò a gambe all'aria.

"In piedi", ordinò Tony.

Indietreggiava, con le due canne in pugno.

"Lo Svedese, allora?"

"Morto", mormorò l'altro. "Alì..."

"Naturalmente, Alì", ringhiò il Lionese. "E i centoventi milioni? Anche quelli Alì?"

L'altro chinò il capo. A quel gesto, un fiotto di sangue gli sfuggì dalle narici penetrandogli in bocca. Lo risputò insieme a due denti.

Poi continuò:

"... lui aveva un'altra pistola. Mi ha tenuto sotto tiro. E, quando ho voluto avanzare verso di lui, me l'ha scaricata addosso. Ho appena avuto il tempo di battermela. Per le scale mi ha gridato: 'Tengo tutto io, la grana e il bamboccio. Il primo che li vorrà...'

Sono corso fino al Cimeterre d'Or per riarmarmi e cercare rinforzi. È da lì che ho dato un colpo di telefono al gestore. Mi ha detto che Alì se l'era appena squagliata."

Pierre Sora si chinò, raccolse una camicia, si asciugò il viso e terminò:

"Ho perlustrato dappertutto per cercare di mettergli le mani addosso. Nessuno l'ha visto. Allora sono venuto qui per fare le valigie. Volevo andarmene al paese, per un po'. Avevo paura di incontrarti".

"Non avevi torto", fece il Lionese, "non avevi torto."

La pistola, munita di un silenziatore, gli ballò in mano per un decimo di secondo. Sempre così sparava, Tony.

Il terracotta beccò la scarica, dal basso in alto, in linea punteggiata. L'intero caricatore. Rimase un attimo in piedi. La cicatrice sulla guancia s'imporporò. Prima stupore, poi rabbia gli si dipinsero sul viso di capo tribù. Crollò in avanti come un macigno. Con un balzo di fianco, Tony lo evitò.

Con gli occhi sbarrati, Mado, che tremava come una foglia, fissava il cadavere del suo magnaccia. Per sbaglio si aggrappò troppo nervosamente a una tenda. Gli anelli cedettero. La tenda cadde sul pavimento.

Tony manovrò con calma il cane dell'arma, soffiò nella canna e, con gesto pratico, sostituì il caricatore vuoto. Poi diede uno sguardo alla sua donna d'un tempo e disse, con un'ombra di sorriso sulle labbra sottili:

"Al tuo posto, per evitare noie, avvertirei la polizia. Ma..." Il sorriso gli si gelò. "Se mi lasciassi due o tre giorni senza spifferare dove abito, mi farebbe comodo. Ho bisogno di un po' di tempo".

"Tony, sei pazzo!" protestò Mado. "Non ho l'intenzione di..."

"Va bene", disse lui, rimettendo in tasca l'artiglieria. "Grazie, allora. Ciao."

Con passo deciso, si avviò verso l'uscita.

17

Senza perder tempo, il Lionese andò in Rue Goutte d'Or. Sempre diffidente, fermò la macchina abbastanza lontano dal tugurio battezzato Primavera.

Primavera? Diavolo, non mancava di fantasia il tipo che aveva decorato la baracca con quell'insegna! Un covo di cimici, questo sì. Panni sbrindellati, di colore indefinibile, stavano ad asciugare alle finestre. Una grondaia aveva riversato sull'intonaco quanto non poteva tenere in corpo, formando una macchia nerastra, lunga e larga, da far vomitare. A giudicare da quanto si vedeva del tetto, non c'era da farsi illusioni: un giorno o l'altro, gli inquilini dell'ultimo piano non avrebbero avuto bisogno di terrazza per fare i bagni di sole. Non si vedevano sbirri, intorno. Solo qualche borghese, appena uscito dal lavoro, che s'affrettava verso casa.

Nessuno sospettava che un tizio era stato freddato poco lontano. E da chi lo si sarebbe potuto sapere?

Certo non doveva essere la prima volta che qualcuno veniva accoppato all'albergo Primavera senza che lo si venisse a sapere. Con tutti i caffellatte che vivevano nelle stanze sopra quelle a ore, in sei o otto per locale, non dovevano mancare le sagre orientali!

Tony entrò nella bettola dell'albergo. Quattro individui dal viso cotto parlottavano nel loro dialetto, in un angolo del banco. Dietro di esso un altro tale si puliva i denti con un serramanico. Tony ordinò un *raki*, prese qualche ravanello da un piattino, li sgranocchiò e fece un cenno al barista.

"Vengo da parte di Pierre Sora. Sei tu il padrone, qui?"

L'altro lo scrutò con gli occhi scuri.

"Sì", disse finalmente. "Che cosa vuoi?"

Tony indicò col mento la porta a vetri che separava il bar dall'albergo.

"Non potremmo andare di là a parlare?"

"Magari anche..." acconsentì il terracotta.

Andò in fondo al bar, diede un giro di chiave al cassetto del denaro e si infilò la chiave in tasca. La fiducia regnava sovrana, in quella stamberga...

"Vieni", disse, passando vicino al Lionese.

Quando furono ai piedi della scala, il terracotta si voltò bruscamente.

"Ebbene, che cosa vuole Pierre?"

"Che tu mi porti dal tizio che lui ha fatto fuori stanotte..."

"Come?" sussultò l'altro.

"... un tale chiamato Jo lo Svedese", proseguì Tony con voce persuasiva. "Un ragazzone bello e robusto."

"Ma non lo conosco", protestò l'algerino facendo scivolare lentamente una mano in tasca.

"E questa, la conosci?" domandò il Lionese.

Il caffellatte abbassò gli occhi sulla grinta nera di un'automatica.

"Va bene. Non arrabbiarti", brontolò. "Il tipo di cui parli è quassù."

"Allora sali", ordinò Tony. "Io ti seguo. Prima però tira fuori la scimitarra di tasca e lasciala cadere per terra."

Senza smettere di fissarlo, il Lionese si chinò e si impadronì del serramanico.

"Da questa parte", disse l'algerino sul pianerottolo del primo piano.

Aprì una porta. Le tende della stanza erano abbassate. Accese ed entrò. Tony lo seguì. Un odore di acquaragia gli attanagliò la gola. Sul pavimento si scorgevano ancora macchie d'umido. Questa volta i mestieri erano stati fatti in grande stile. Non c'era traccia di sangue. Tony guardò verso il divano. Lì vicino, per terra, una coperta era stesa sopra un corpo.

"Solleva quell'affare."

L'algerino obbedì. E apparve lo Svedese. Senza cappello, senza soprabito né giacca. Era tutto avvolto con fil di ferro. Proprio come un salame, pronto a essere messo in mostra, povero Svedese! C'era da pensare che, a tempo perso, si dedicasse alla cucina, il gestore del Primavera.

Tony rimase a guardare in silenzio il compagno d'infanzia. Si sentiva sconvolgere le viscere. Lui e Jo erano amici da sempre. Avevano fatto fuori insieme la loro prima vittima. Insieme avevano scagliato per la prima volta lo stocco, quando i coltelli si chiamavano ancora così. In un certo senso, non si erano mai lasciati. All'occasione, si erano aiutati. E adesso...

"Perché l'hai insalsicciato in questo modo?" borbottò dopo un lungo istante.

L'algerino allargò le braccia.

"Per non tenerlo qui", confessò. "Non sono io che l'ho ammazzato, ma, in ogni modo... Non ho voglia che mi facciano domande."

"Dove avresti intenzione di ficcarlo?"

Il caffellatte indicò col dito tre pesi da venti chili.

"In fondo al fiume. Glieli avrei attaccati ai piedi e lo avrei buttato in acqua."

"Non voglio che tu lo faccia", ringhiò il Lionese.

"Capito? Tienilo. Verrò a riprenderlo al più presto possibile."

Il terracotta lo guardò per un istante, poi scrollò le spalle. Dopo tutto...

"Va bene", rispose. "Ma non tardare troppo."

"In ogni caso", sospirò Tony indicando con la canna i tre pesi da venti chili, "non sarebbe rimasto sotto."

L'altro abbozzò un sorriso.

"Che diavolo! Con sessanta chili ai piedi?"

Tony alzò le spalle. Non avrebbe perso tempo a spiegargli che un cadavere, per rimanere sommerso, deve venire zavorrato con un carico superiore al suo peso. Quanti tizi che si credevano furbi ci hanno rimesso la testa perché non lo sapevano...

"E Alì?" domandò. "Non sai dov'è nascosto?"

Il terracotta lo scrutò prima di rispondere.

"Non lo so, parola mia. Se lo sapessi te lo direi."

Tony ebbe l'impressione che l'altro non lo prendesse in giro.

"Farci la forca tra noi, va bene", proseguì l'algerino. "Ma tirare in ballo un bambino..."

"Bene", borbottò il Lionese ributtandogli il coltello. "Fa' come ti ho detto. Sbarazza il mio amico da quella ferraglia. Cercherò di tornare stanotte. Arrivederci."

Un ultimo sguardo allo Svedese e aprì la porta.

Che cosa avrebbe raccontato a Louise? Non lo sapeva. Comunque la donna non era in condizioni di ricevere la terribile notizia. Bisognava aspettare, prima di informarla. Se glielo diceva subito, lei era capace di avvertire i poliziotti. Chi avrebbe potuto darle torto? Gli sbirri, forse, coi loro mezzi, potevano ritrovare il figliolo di Jo più in fretta. Sì, ma... E i centoventi milioni? E poi, se la polizia si fosse messa di mezzo e i giornali ne avessero parlato, Alì avrebbe potuto lasciarsi prendere dal panico e fare fuori il piccolo. Da un drogato c'era da aspettarsi di tutto. Era già una fortuna che i questurini non si fossero fatti vivi. Con tutti quei cadaveri! Di Ahmed e di Mario, sì, ma degli altri nessuno poteva sapere nulla. Il piccolo Cesare e l'autista erano certamente ancora nella villa di Champigny a mummificarsi. Il maggiore degli algerini da Mado. Lo Svedese nella camera dell'albergo...

Se l'impresario di pompe funebri lo veniva a sapere... Tutti quei morti senza bara...

18

Il Lionese aveva passato l'intera domenica a perlustrare Parigi. Per prudenza era andato, con tatto, a caccia di informazioni, per scoprire dove si nascondeva Alì. Tastava il terreno delicatamente, senza dare spiegazioni. Inutile mettere i caffellatte sul chi vive. Con tutti gli informatori della polizia in agguato, si era mosso con cautela per evitare che i suoi maneggi giungessero alle orecchie degli sbirri. Dopo averci riflettuto, aveva anche rinunciato a informarsi presso i terracotta della Charbonne. Però, a sera, vedendo che in quel modo non sarebbe venuto a capo di nulla, decise di darci sotto. Capitasse quel che doveva capitare! Bisognava finirla. Con un pazzoide come Alì, ogni ora che passava poteva costare cara al piccolo Tonio. E chissà, poi, se l'algerino non l'aveva...

Suonavano le otto quando s'infilò in un bar di Rue Victor-Massé. I continentali non lo frequentavano, quel buco gestito da corsi. Pochissimi vi erano ammessi. Da contarsi sulle dita. Tony era tra questi.

I duri dell'Isola della Bellezza lo stimavano per il suo fegato, per la sua lealtà. Era uno dei pochissimi francesi con cui, presentandosi l'occasione, accettavano di far lega.

Il Lionese strinse la mano ai presenti e, col mento, fece segno ad Antoine, il bettoliere, tisico come lui e molto malconcio.

Antoine lo raggiunse in fondo a una saletta. Su un tappeto luccicavano dei gettoni multicolori.

"Cosa posso fare per te, Tony?"

"Conosci i fratelli Sora?"

"Sì... vagamente..."

"Siete amici?"

Il Corso fece una smorfia.

Il Lionese sorrise.

"Capisco. Allora potresti cavarmi dall'imbarazzo."

Gli occhi del bettoliere divennero interrogativi.

"Ecco qua", disse Tony. "Ho bisogno di una mano. Vorrei sapere dove si è rintanato uno di loro... È urgente..."

"Si può tentare", dichiarò il Corso con la sua voce metallica. "Tutto quel che so, per adesso, è che a Montmartre non si vedono più da otto giorni. Ho saputo, come tutti, della morte di Ahmed nella macchina di Mario."

Gli occhi del Corso divennero più perspicaci.

"Mario era tuo amico", aggiunse. "Lavoravate insieme, credo... Capisco!"

"Non è solo questo", spiegò il Lionese.

Il Corso aspettava. Inutile fare domande. Se lo giudicava opportuno, Tony l'avrebbe messo al corrente. In quanto al resto...

"Hanno fatto di meglio, dopo", precisò il Lionese. "Hanno rapito un bambino di cinque anni."

La flemma sparì dal viso del Corso.

"Un bambino? Di chi?"

"Dello Svedese."

"Di Jo? Ha un figlio? Non lo sapevo. Dici che l'hanno... Figli di... Posso informare gli altri?"

Con un battito di ciglia il Lionese acconsentì.

Il bettoliere si rivolse agli uomini che stavano in

piedi davanti al banco. Parlava in corso. Il fiotto di suoni rapidi, gutturali, aveva fatto cessare le conversazioni. Alcuni clienti posarono il bicchiere di anice. Uno stupore poco rassicurante si dipinse sui volti rudi. Un magrolino tutto nervi che prima della guerra aveva fatto un colpo con Tony, gli si avvicinò.

"Allora, amico", esclamò con accento cantilenante, "i terracotta si sono permessi di fare questo? Di rapire un bambino? Non si è mai visto niente di simile..."

Scosse il capo da vecchio pirata biscottato dal sole sotto tutti i cieli del mondo, e ripeté sconcertato:

"No, nulla di simile... Se hai bisogno di me... Com'è vestito il piccolo? Com'è, d'aspetto?"

"Vestito da marinaio. Pantaloni lunghi. Giacca corta con bottoni dorati. Biondo come suo padre. Il tizio che se l'è preso è Alì, il minore dei Sora."

Il vecchio Corso schiacciò la sigaretta con la punta della scarpa, si frugò nelle tasche, tirò fuori un gettone e si diresse all'apparecchio telefonico.

Era la prima telefonata della serata. Per tutta la notte le chiamate si susseguirono. Tutti i bettolieri, i gestori di alberghi, di dancing, di locali notturni, di bordelli clandestini, furono interpellati. Dal loro angolo d'asfalto, le passeggiatrici si passavano la voce.

La caccia ad Alì ferveva.

Dopo aver lasciato i corsi, il Lionese non rimase con le mani in mano. Passava da un locale all'altro, metteva al corrente tutta la durocrazia: i duri di Nantes nelle osterie di Belleville, i maomettani nelle bettole di Montparnasse, i parigini nei bugigattoli di Saint-Ouen, della Mouffe, di Montreuil, della Maub, i vecchi duri di Malassis, dell'estremo margine di Clichy, di Argenteuil, l'intera periferia...

Tutto quel trambusto poteva arrivare alle orecchie

degli sbirri, Tony lo sapeva. Ma se ne fregava. Con un tipaccio come Alì, bisognava fare in fretta per riavere il figlio dello Svedese. Non c'era tempo da perdere. Se i questurini si fossero mossi, Tony sarebbe andato fino in fondo. Poteva costargli la libertà, quell'avventura. Ma che cosa contava di fronte alla vita del marmocchio di Jo?

In alcuni bar lussuosi dei Champs-Elysées, di Saint-Lazare, dei *boulevards*, i proprietari, che, agli inizi, avevano sguazzato nelle pozzanghere di Parigi, passavano parola alle *entraîneuses*, ai camerieri. Così, tra due baciamani alle signore clienti. Le tipe ingioiellate e i merli imbottiti di grana che le accompagnavano non avevano il minimo sospetto che l'ambiente fosse in agitazione. Persino i locandieri arabi di Faubourg Montmartre, di Saint-Michel, di Voltaire si mettevano in moto. Rapire un bambino? Non era mai capitato, in Francia. Non tra i duri, almeno. Non era pane per i duri francesi, quello. Un'invenzione dei gangster americani. Qui non andava. Bisogna non aver niente in petto, per rapire un bambino. I buoni borghesi che dormivano nei loro letti con lo stomaco pieno e il sedere al caldo, sarebbero rimasti strabiliati apprendendo che tutti i fuorilegge padri di famiglia stavano passando Parigi al pettine fitto. E ancor più si sarebbero meravigliati se fossero venuti a sapere che un duro non picchia mai un bambino, che non se ne sbarazza, quando il bambino è diventato grande e ha preso una brutta strada, mandandolo in un riformatorio. Bel posto, quello. È là che si impara l'abicì del mestiere di delinquente.

Una sola volta un bambino c'era andato di mezzo. Parecchio tempo prima della guerra. Un moccioso, seduto in una bettola di Pigalle coi genitori, due duri, si era beccato una pallottola. Il tizio che aveva sparato non l'aveva fatto apposta. Due ore dopo, però, si faceva accoppare. E così era cominciata la catena della vendetta che, con l'andar del tempo, era costata la vita a un fottio di gente.

Verso l'una del mattino, il Lionese, rotto di fatica, fermò la macchina dello Svedese di fronte al locale di Fredo. Una quantità di gente aveva chiesto di lui. Il bettoliere aveva preso nota delle comunicazioni. Tutte negative. Ma la caccia continuava. Solo un colpo di fortuna avrebbe potuto permettere al Sora di sfuggire. Era peggio che avere tutti i poliziotti di Francia alle calcagna. Nulla, ormai, poteva salvarlo. Aveva tirato un po' troppo la corda e ora doveva pagare. Costa caro, un bambino...

Coi gomiti sul banco, quattro o cinque uomini, per lo più ruffiani, erano ancora all'aperitivo. Mandavano giù i bicchierini d'anice con uno scatto del polso. La loro destrezza dimostrava un lungo allenamento. Cominciavano a scambiarsi suggerimenti sul ristorante in cui sarebbero andati a mangiare. Cercavano dei locali "come si deve". Buongustai, i tipi!

Il Lionese si ricordò di non aver mangiato nulla per tutta la giornata. Ordinò uno spuntino al vecchio.

"E Mammà?" domandò. "È ancora da Louise?"

Il vecchio Fredo posò sul banco un barattolo di senape.

"No. È su in camera. Dorme."

"Come mai?..."

"Rassicurati, ragazzo. Louise non è sola. C'è un'infermiera con lei. Il medico ha detto che è meglio, per le punture."

Il Lionese posò il suo sandwich.

"Sta peggio?"

"Sì e no. Insomma, il medico dice che ha avuto un

colpo forte. Ha bisogno di tranquillità, soprattutto. Ma passerà. Non ti preoccupare. Mammà ritornerà da lei al più presto. Si porterà dietro dei vestiti, così potrà rimanere quanto sarà necessario."

Il telefono squillò. Quando il vecchio tornò dalla cabina, fece un segno al Lionese.

"Per te, Tony."

Questi andò a prendere il ricevitore.

"Pronto."

"Pronto! Tony?" rispose la voce dell'interlocutore. "Sono Paulo, l'Arabo. Salve, amico. Va bene? È un pezzo che non ci si vede, eh? Ti telefono perché Antonio il Corso mi ha detto dove trovarti. Credo di avere un'informazione per te. Capisci di che cosa parlo?"

La mano del Lionese si contrasse sull'impugnatura d'ebanite.

"Dove si trova?"

"Non lo so ancora", riprese la voce dall'altro capo del filo. "Qualcuno è uscito a informarsi. Credo che ci siamo. Non muoverti da Fredo. Ti richiamerò. D'accordo?"

"D'accordo. Ma fa' presto."

"Non preoccuparti, amico. Appena posso ti richiamo. A tra poco."

L'Arabo riappese. Tony stava per uscire dalla cabina ma rimase lì, impietrito. Quattro individui erano apparsi sulla soglia del bar. Dietro di loro, altri quattro tizi, rivoltella in pugno, mantellina sulle spalle, occhi lucidi sotto la visiera, bloccavano l'uscita. Una retata. "Perdio!" imprecò il Lionese. "Ci manca che mi schiaffino dentro stasera." Svelto, si tolse di tasca l'artiglieria e la nascose dietro una pila di guide telefoniche. Poi, con aria disinvolta, si avvicinò al banco e riprese lo spuntino.

Gli avventori, con commovente sincronia, avevano alzato le mani. La forza dell'abitudine...

"Mani in alto anche tu!" latrò un sbirro al Lionese.

Tony diede prima un morso al panino. Poi, senza fretta, lo sollevò all'altezza del cappello.

Il questurino che aveva abbaiato lo frugò rapidamente, facendogli scivolare lungo le anche la mano esperta.

"Va bene", disse. "Documenti..."

Tony posò il panino e mostrò la sua carta d'identità. Finché si trattava delle carte se ne fregava. Era a posto, da quel lato. Con l'occhio cercò il calendario. Venerdì? Ah! Non ci aveva pensato. Non c'era da preoccuparsi. Martedì e venerdì erano i giorni di quei signori. Puntuali come una cambiale, in quei due giorni replicavano il loro numero. Non c'era da perderci la testa.

Il segugio studiò la carta da tutti i lati, l'annusò per scoprire chissà quale odore.

"Mai condannato?" domandò rendendogliela.

"Mai."

Lo sbirro gli fissò lo sguardo addosso, lo squadrò dalla testa ai piedi e borbottò:

"Ehm, ehm... Ho proprio voglia di telefonare agli archivi".

"Come volete", replicò amabilmente il Lionese.

Se ne fregava, lui, della telefonata agli archivi. La carta d'identità era fasulla. L'addetto non poteva rispondere altro che "sconosciuto". Invece poteva essere seccante che si mettessero in testa di prendergli le impronte. Allora, sì che era fregato. L'avrebbero identificato subito e si sarebbero accorti che aveva ancora dieci anni da scontare. Dieci annetti? Un regalo del presidente delle Assise che, leggendogli la sentenza, aveva detto: "Condannato a cinque anni di reclusione e a dieci anni di interdizione al soggiorno".

Il poliziotto alzò le spalle larghe e mollò il Lionese per dirigersi verso i magnaccia che i suoi colleghi stavano frugando.

Uff, sospirò Tony fra sé. *Non è proprio il momento di farmi prendere. No, non è il momento.*

Anche i ruffiani dovevano avere dei documenti ineccepibili perché si stavano divertendo. Tiravano fuori di tasca dei mucchi di carte: polizze d'assicurazione sociale e tutti gli ammennicoli necessari. Così, come se ci si trovasse in famiglia. Salvo per uno, che non aveva pezze d'appoggio. I questurini si preoccupavano:

"Come vivi, allora?" insistevano. "Di mestiere, cosa fai?"

Il duro, che certamente aveva in corpo troppi bicchierini, irritato dalla presenza dei poliziotti, replicò:

"La disperazione dei miei genitori".

"Come?" sussultò l'altro credendo di aver capito male.

"Sono la disperazione dei miei genitori", ripeté il duro che, i genitori, non li aveva mai conosciuti.

"Ah! Ah!" fece il poliziotto fra i denti. "Vogliamo fare i furbi?"

E, rivolgendosi agli uomini in divisa ancora sulla soglia, ordinò:

"Imbarcatemi questo tipo. Svelti".

Poi diede uno sguardo agli altri e soggiunse:

"E anche questi, su. Tutti quanti".

Il vecchio Fredo s'intromise tra una guardia e Tony. "Questo no, signor ispettore. È tisico. Lo vedete che non sta neanche in piedi."

"Come?" ringhiò il segugio. Tony gli mise sotto il naso un certificato medico. Lo sbirro cedette.

"Va bene. Però vorrei sapere che cosa combina qui, invece di starsene a letto."

Si udirono le portiere sbattere nella notte. La macchina della Giudiziaria si mosse seguita dal furgone cellulare. Il Lionese andò nella cabina telefonica a riprendersi l'artiglieria. Solo alle due, poco prima della chiusura, Paulo l'Arabo richiamò.

"Ci siamo", disse subito. "La persona che cerchi si trova all'albergo del Cavallo Bianco, a Senlis. Non puoi sbagliare. Subito dietro la prigione."

"È solo?"

Un leggero fremito gli aveva alterato la voce.

L'Arabo lo rassicurò.

"No. C'è anche il piccolo. Non hai che da andarci. Ti aspettano ..."

Tony sussultò.

"Mi aspettano? ... Scherzi?... Se sa che vengo..."

L'arabo, in capo al filo, soffocò una risata.

"Non farti cattivo sangue", disse. " È il padrone che ti aspetta. Un mio paesano. Il vecchio Ramon. Non so se lo conosci. S'è sciroppato vent'anni di galera. Li ha finiti tre anni fa. Quando è tornato, si è messo insieme a una vecchia e si è ritirato in campagna. È mezzo paralizzato. Ma se potrà darti una mano, lo farà."

"Non ti preoccupare", rispose Tony con gli occhi che bruciavano. "Me la sbrigherò da solo. E, grazie, Paulo. A buon rendere."

"Salve, amico", fece l'Arabo prima di riappendere.

Due minuti dopo, il Lionese oltrepassava Porte Villette e si lanciava nella notte. Davanti a lui, i fari sferzavano la strada. Coi nervi più distesi, sprofondato nel sedile, Tony guidava con mano ferma. Un mozzicone gli rosseggiava tra le labbra. Come ombre nere, le case gli passavano accanto a un ritmo vertiginoso. La luna, appena velata, rischiarava le cime dei pioppi. L'aria fresca penetrava dalle aperture della carrozzeria e gli gelava i polpacci. Ma il duro non s'accorgeva più di nulla. Sorrideva. Un sorriso a gancio che gli arricciava il labbro superiore. Lasciandosi dietro Chapelle-en-Serval, accese una seconda sigaretta. Penetrando nei sobborghi di Senlis non l'aveva ancora terminata. Conosceva bene il punto in cui si trovava la prigione del paesino. Eccome! Da ragazzi, lui e lo Svedese ci avevano passato sei mesetti dopo esser stati pizzicati all'uscita delle corse di Chantilly. In una stradetta, frenò. Tutti dormivano, nel paesino. Solo una luce filtrava dall'angolo di una finestra. Tony alzò il capo verso un'insegna cigolante:

ALBERGO DEL CAVALLO BIANCO.

Non s'era sforzato troppo il tizio che aveva tirato fuori un nome simile. Di 'cavalli bianchi' ce n'erano in tutti gli angoli della Francia.

La strada era selciata all'antica. Pietre tonde e lisce che facevano pensare alle cavalcate dei moschettieri. Senza far rumore, il Lionese si avvicinò alla finestra. Stava per bussare sull'imposta, quando la vide schiudersi. Rapido, Tony alzò la canna.

"Non fare lo stupido", disse una voce rauca. "Sono Ramon."

Tony si vide davanti un volto vecchio e devastato sotto una zazzera bianca.

"Salve", disse. "Paulo t'ha informato?"

"Sì", rispose sottovoce il vecchio. "Vacci piano. Il tizio è in una camera sul retro. È sveglio. Entra dalla finestra."

Il Lionese scavalcò il davanzale e ricadde in una cucina vasta, col pavimento in mattonelle rosse. Una donna, sprofondata in una poltrona di vimini, lo guardava incuriosita. Senza dubbio, ai suoi tempi era stata bella. Adesso, naturalmente... Però gli occhi li aveva ancora belli. Le erano certo serviti, nei giorni in cui si dava da fare. Chissà quanti merli si era spolpata. Lo si capiva dal cerone bianco e rosso che le intonacava il viso e dal modo in cui guardava il Lionese. Si sarebbe detto che lo vedesse nudo. La forza dell'abitudine...

Il vecchio si lasciò scivolare in un'altra poltrona di vimini. Era magro e aveva la pelle scura. Le natiche cadenti gli ballonzolavano nei calzoni di velluto. Uno scialle a maglia gli ricopriva il torso. Il pomo d'Adamo, un triangolo, gli sporgeva tra le punte del colletto sbottonato. Aveva tutta la parte destra del corpo, dalla gamba alla spalla, completamente inerte. Se ne scusò accarezzandosela con la mano buona.

"L'umidità delle celle, figliolo."

Tony, con le orecchie tese, la pistola in pugno, scosse la testa con aria comprensiva.

La donna studiava il suo atteggiamento di lupo in agguato.

"È di là", disse. "In una stanza che dà sul cortile. È venuto stamattina. In macchina."

"Una macchina rubata, certamente", osservò il vecchio. "Stasera ha smontato le targhe. Mi ha chiesto se ne avevo di false."

Scrollò le spalle puntute.

"Come se fossero cose per la mia età, queste fesserie!"

"Lo conoscevi già?" domandò Tony.

"Sì e no. L'avevo visto una volta col fratello maggiore... Pierre, sì, lo conosco bene. Non siamo intimi ma alcuni amici suoi sono venuti a rifugiarsi da me, quando si nascondevano."

"Capisco", fece il Lionese. "E come avete saputo..."

La donna sollevò un braccio floscio. I seni rotolarono sotto la camicetta. Non doveva essere tanto gradevole da guardare, senza niente addosso, la vecchia passeggiatrice! Era uno sfacelo.

"È una mia amica che mi ha raccontato la storia del bambino", disse. "Una che fa il marciapiede al Boulevard Sébastopole, all'angolo di Rue des Lombards. Si chiama Berthe. La conosce?"

Tony trattenne un sorriso.

"No, non credo..."

Se questa Berthe aveva la stessa età dell'amica, ormai doveva sfiorare il secolo. E, a quanto pareva, era ancora sulla breccia. Per la miseria! E la pensione dei vecchi?

La vecchia geisha continuò:

"Mi ha telefonato per farmi un salutino. E con l'occasione mi ha informata. Così, per caso. Mi ha detto che Paulo l'Arabo gliene aveva accennato. Sembra che le ragazze non parlino che di questo, mentre lavorano. Ho avuto un colpo. Ho pensato subito al terracotta che è arrivato col bimbo stamattina. Ho detto due parole a Berthe, poi ho riappeso. Allora Ramon ha deciso di avvertire Paulo. Ecco tutto".

"Vi ringrazio", fece Tony. " È stato carino da parte vostra. Adesso bisogna che mi..."

Il vecchio l'interruppe.

"Cosa intendi fare?"

Il Lionese lo guardò stupito.

"Riprendere il bimbo, diavolo!"

"Sì, naturale. Ma il fratello di Pierre?"

"Cosa credi, tu?" mormorò Tony.

Con la mano striata da vene nodose, il vecchio forzato si grattò la testa. Era imbarazzato.

"Naturale", disse, "naturale."

"Hai paura di avere seccature?"

Il vecchio accarezzò di nuovo le membra inservibili.

"Be'... alla mia età... nelle mie condizioni... Se tu potessi portarlo altrove... Magari davanti alla porta! Se la cosa non capita in casa mia..."

Una ruga si formò sotto il cappello del Lionese.

"Non sarà facile", disse. "Si tratta di un tipo coriaceo. Urlerà, si difenderà. È un cocainomane..."

"Me n'ero accorta", affermò il donnone. "Dev'essere tocco. Non ha voluto che facessi una minestrina al piccolo. Solo un pezzo di pane e del *pâté*. Il bambio non lo si è visto per tutta la giornata. L'ha tenuto chiuso. L'abbiamo sentito piangere per un bel pezzo, io e il mio uomo. Ma non sospettavamo neanche che si trattasse di un rapimento."

Tony guardò i due vecchi.

"Farò del mio meglio", disse. "Non vi prometto niente. Credo che non sarà facile. Ma se mi andrà bene, vi sbarazzerò del cadavere. D'accordo?"

"D'accordo."

"Se sarò io a crepare", riprese Tony, "promettetemi di avvisare la polizia."

I due nonnetti ebbero un gesto di ripugnanza, ma Tony spiegò:

"Non c'è altro da fare. Dovete salvare il bambino".

"Va bene", sospirò il vecchio. "Ah, se ti potessi aiutare!"

"Non preoccuparti... Un'altra cosa. Quanto vale la vostra baracca?"

I due si guardarono meravigliati. "Non vogliamo venderla", dichiararono all'unisono.

"Appunto", fece il Lionese. "Ma quanto potreste ricavarne?"

“Non so di preciso”, dichiarò il vecchio. “In questo momento non abbiamo un solo cliente. Però, un milioncino o due, tanto per darla via...”

“Dieci vi vanno?”

I due mappamondi della donna sussultarono sotto la camicetta.

“Dieci milioni?”

“Non vi prendo in giro”, li calmò Tony. “Restiamo intesi. Se riesco, li incasserete.”

Il donnone lo guardò come se fosse stato Gesù Cristo in persona e si alzò tutta tremante.

“Ah! Questa poi”, balbettò. “Questa poi...”

“Insegnatemi la strada”, disse il Lionese per richiamarli alla realtà.

“Sì, sì!” si premurò la donna. “Sì, sì, mi segua. Senza far rumore. È ancora sveglio. Si è portato una bottiglia di rum in camera, prima di chiudersi. È proprio suonato, quel tizio.”

Il vecchio, dalla sua poltrona, accennò a muoversi.

“Resta lì”, disse Tony mettendogli una mano sulla spalla. “Non potresti far nulla, comunque. Sta’ calmo. Andrà tutto bene.”

Raggiunse la donna che, dalla soglia della cucina, gli faceva cenno di tacere.

La ghiaia stridette sotto i loro piedi. Il cortile era nero. Le cromature di una macchina si intravedevano nell’oscurità. Sulla destra, al pianterreno, una riga di luce stagliava una finestra coperta internamente da una tenda spessa. Poco lontano s’intravedeva la macchia grigia di una porta.

La vecchia la indicò.

“ È lì”, disse in un soffio.

Il Lionese le sussurrò all’orecchio.

“Se ne vada”, consigliò. “Non vale la pena che si becchi una nespola.”

Attese che la grossa ombra si fosse allontanata e si avvicinò alla finestra. Affondò lo sguardo nella fessura. A destra scorse una piccola sagoma, stesa su un letto di ferro. Dall'altro lato, una fetta di tavola e, su di essa, una mano scura, avvinghiata al collo di una bottiglia. Sull'orlo della tavola, vicino a una Colt, si ammucchiavano dei lenzuoli da poco. Tony torse il collo fin quasi a staccarselo. Niente da fare. Impossibile scorgere altro che quella mano scura. Non poteva far fuoco sull'algerino attraverso la finestra come si era ripromesso. Meglio così, in un certo senso. Non era detto che sarebbe riuscito ad abbatterlo subito. E, allora, l'algerino avrebbe potuto avere una reazione cattiva e sparare contro il piccolo...

No, bisognava penetrare nella stanza, correre il rischio, essere pronti a tutto.

La sua ombra, appena visibile, si spostò lungo il muro, raggiunse la porta grigia. Allungò una mano prudente verso un pomolo di ceramica che biancheggiava nell'oscurità. Trattenendo il respiro, lo girò lentamente, molto lentamente. Meno male. Fidandosi del cortiletto, Alì non aveva chiuso a chiave. O, magari, la chiave non c'era neanche, guarda caso...

Un rivoletto di rum colò dalle labbra del terracotta. L'algerino si asciugò la bocca col dorso della manica. Aveva bevuto troppo. Aveva i nervi scossi, si sentiva tutto scombussolato. Per non parlare, poi, della mancanza di coca... Con occhio spento, guardò i mucchi di bigliettoni, riprese la bottiglia e bevve a garganella. Mandò giù una discreta quantità e ruttò un paio di volte. Ne rise. Volse lo sguardo verso il letto in cui dormiva il figlio dello Svedese. La risata gli si gelò sulle labbra sottili. Che bisogno aveva di prendersi quell'impiccio? Bisognava essere pazzi. Perché si era preso quel carico? Per avere un ostaggio? Per avere un'arma contro il fratello maggiore e il Lionese? Per poter scendere a patti con gli sbirri nel caso di uno scontro? Di tutto un po'. Ma, pensandoci bene, sarebbe bastato per tenere a bada gli uni e gli altri? Eh, no, perdio! Tutti gli si sarebbero messi alle calcagna. Con il piccolo fra i piedi, avrebbero potuto riconoscerlo facilmente... Riconoscerlo? Toh... E se...

Lasciò la bottiglia, e gli occhi gli brillarono. Puntò due dita verso il letto e finse di premere un grilletto. Diavolo! Era roba da nulla. La notte dell'indomani avrebbe portato via il bambino. Una risata muta lo scosse leggermente.

E, di colpo, si drizzò come una belva disturbata nella sua tana. Le narici gli palpitarono. I denti, pronti a mordere, gli brillarono sul viso bruno. L'udito, acuto come quello di tutti i suoi simili, l'avvertiva di una presenza. Non guardava verso la porta ma sapeva che qualcuno stava girando il pomolo. La sua sensibilità da drogato non poteva ingannarlo. Una folata d'aria fresca gli carezzò le guance. Balzò verso la tavola, sulla pistola, si voltò e sparò a caso. La detonazione invase la camera, uscì dalla porta aperta e si perse nella notte. La pallottola, per un incredibile colpo di fortuna, aveva forato la mano al Lionese. La canna che questi impugnava gli schizzò via dalle dita come risucchiata.

"Perdio!" imprecò Tony.

Era già ventre a terra e, con la destra, cercava di tirar fuori l'altro rosario.

Un grido acuto... Il figliolo di Jo, in ginocchio sul giaciglio, con gli occhi dilatati dallo spavento, si mise a urlare. E gli urli salvarono il Lionese. Una nespola gli scalfì la spalla. Un'altra gli fischiò vicino all'orecchio. Coi nervi scossi dalle grida, l'algerino, suo malgrado, aveva deviato d'un soffio. Aveva gli occhi fuori dalle orbite, la faccia alterata. Rettificò il tiro e premette con frenesia il grilletto. Zero. Il percussore scattò a vuoto. Forse l'arma s'era inceppata. Con tutta la sua energia, Alì la scagliò sul Lionese e, con un balzo folle, si buttò sulla mano infilata nel soprabito, da cui sarebbe sbucata la sua morte. Tony, cadendo, non aveva potuto sfoderare a tempo l'artiglieria. Fece fuoco attraverso la tasca. L'odore della stoffa bruciata li prese alle narici. Il terracotta era stato beccato. Non in pieno, però. Si abbatté su Tony. Questi tentava di tirar fuori l'arma per dare il colpo di grazia all'algerino con tutte le pallottole che gli rimanevano. Impossibile. Sentì i denti che gli si piantavano nel polso. Una mano secca e dura gli attanagliò la gola. Il cappello gli cadde a terra. Tirò freneticamente per liberare il braccio valido, ma Alì non mollò la presa. Con la mascella seguiva i movimenti del polso. La canna sfuggì dalle dita al Lionese e ricadde in fondo alla tasca.

"Perdio!" imprecò di nuovo Tony, con voce più flebile.

Si sentiva soffocare lentamente. L'aria non gli penetrava quasi più nei polmoni tarlati. Capì che stava per perdere conoscenza. Doveva tener duro... Doveva tener duro...

"Zietto Tony", urlò il piccolo, preso dalle convulsioni.

Il sudore invase la faccia del Lionese. Con un violento colpo di reni, dando uno strattone alla spalla, liberò il polso dalla mascella dell'algerino. Allungò tutte e due le braccia e serrò la mano lacerata dal morso e quella forata dalla pallottola intorno alla gola del caffellatte. Sentì le unghie penetrare in una carne che gli parve, al tatto, tenera come quella di una donna.

Il terracotta portò a sua volta l'altra mano alla gola del Lionese. Si stavano strangolando tutti e due, ora, faccia contro faccia. I loro respiri affannosi si scontravano. I loro sguardi, in cui brillava il piacere del delitto, parevano incastrati l'uno nell'altro. Fu la faccia di Alì a illividire per prima. L'algerino allentò la stretta. Tony, invece, ce la mise tutta. Sotto le dita lunghe e pallide sentì scricchiolare le cartilagini. Gli occhi del terracotta cominciarono a diventare vitrei. Un braccio gli scivolò lungo il corpo. La mano stava per cadere sul pavimento ma si contrasse su un manico che sporgeva da una tasca. I suoi muscoli ritrovarono un po' di vigore. Con un ultimo sussulto d'agonia, affondò l'arma nel ventre del nemico. Era il coltello triangolare dello Svedese. Il duro sentì l'acciaio che gli rovistava gli intestini. Strinse i denti, strinse le mani, come un pazzo. Un gorgoglio uscì dalla bocca dell'algerino. Il capo gli cadde sulla spalla del Lionese. Questi, a sua volta, cedette. Le braccia gli ricaddero inerti. Per cinque minuti rimase lì, immobile. Poi, con una debole spinta, si liberò del peso del giovane Sora.

"Dio!" gemette una voce dalla soglia.

Tony si voltò verso la donna di Ramon.

"Mi aiuti a rialzarmi", disse. "E mi porti delle bende e qualcosa per disinfettarmi."

La donna obbedì e lo aiutò a sedersi su una sedia.

Quando tornò, lui non si era ancora mosso. Si accontentava di sorridere al piccolo Tony. Aveva i capelli impiastricciati di sudore che gli colava a goccioloni dalla fronte. Un fiotto di sangue gli lordò la mano. Svelto, si tamponò la ferita con due tovaglioli.

Gli occhi della vecchia andavano e venivano dal

suo viso ai mucchi di bigliettoni. Non sapeva che cosa ammirare di più: l'impressionante quantità di banconote o il coraggio dell'uomo.

"Una sigaretta", chiese Tony.

Lei ne accese una e gliela infilò tra le labbra.

"Vesta il bambino", ordinò il Lionese senza ringraziare. "Lo porto via."

"Come? In questo stato?"

Lui prese altri due tovaglioli.

"Faccia come dico", sospirò.

Attese un poco, prima di togliere i tamponi. Fece una smorfia vedendo che usciva ancora sangue. Un brutto colpo si era beccato. Inutile intenerirsi. Inutile lavare la ferita.

"Mi avvolga questa benda tutt'intorno", disse. "Mi aiuti a svestirmi."

Fatto questo, afferrò un mucchietto di tovaglioli e, senza aprirli, se li piazzò sul ventre. La donna glieli assicurò con la benda e lo aiutò a rimettersi la giacca.

"Va bene così", disse, allungando una mano verso la bottiglia di rum che, per miracolo, non era caduta durante la zuffa.

Lei alzò un braccio per impedirgli di bere.

"No..."

Tony si strinse nelle spalle e mandò già una buona sorsata.

Avevano partecipato entrambi a troppe stragi, avevano vissuto troppo per non sapere che quando si è feriti al ventre non bisogna mai bere.

Una volta vestito, il piccolo Tonio, calmato dalla presenza del padrino, si avvicinò fiducioso. Non riusciva a capire bene. Una cosa però era certa: l'amico del padre era lì.

"Ce ne andiamo, zietto Tony?" mormorò il bambino.

Il Lionese gli passò una mano nei capelli e si sforzò di rassicurarlo:

"Sì, ce ne andiamo, pupo. Non avere paura. Nessuno ti farà più male".

Notò il viso tirato del bambino, gli occhi ancora bianchi dallo spavento, e aggiunse:

"No, pupo, mai più. Adesso torniamo a casa".

Tutti e tre voltarono il capo verso il cortiletto dove si sentiva un rumore di ghiaia smossa. Spaurito, il bimbo si rifugiò nelle braccia del Lionese. Il rumore si fece più vicino. Ramon apparve sulla soglia con le stampelle sotto le braccia. Con un colpo d'occhio esperto, valutò la situazione.

"Le hai prese forte?" domandò, guardando il ventre del sopravvissuto.

"Credo di sì", rispose Tony. "In ogni modo devo andarmene."

Il vecchio arabo lo guardò di traverso, sbalordito. "Sei scemo? Conciato come sei? Resta qui qualche giorno. Chiameremo un medico. Non puoi andartene così."

"Sì", replicò il Lionese. "Devo andarmene."

Quando si alzò, una smorfia gli torse la bocca.

"Ce la farò", sorrise, rifiutando con un gesto l'aiuto che il donnone stava per dargli. "Passatemi quella valigia, là per terra."

La donna si chinò gemendo e gli mise la valigia davanti. Tony sollevò il coperchio. La donna spalancò gli occhi. Là dentro c'era più grana che sulla tavola.

"Per la miseria!" esclamò estasiata.

"Quanti pacchetti ci sono sulla tavola?" domandò Tony.

Lei li contò.

"Otto", rispose.

Il Lionese si chinò con difficoltà, verificò e, togliendo dalla valigia altri due pacchetti, glieli buttò. Qualche goccia di sangue della mano inzaccherò le banconote.

"Ecco i dieci milioni per voi", disse.

Si voltò verso Ramon.

"Vi ringrazio tutti e due. Siete stati ai patti."

"Non ti crederai mica obbligato a regalarci tutto questo", tossicchiò il vecchio.

"Gli affari sono affari."

Poi aggiunse, rivolto al donnone:

"Vuole portare questa valigia nella mia bagnarola, di fuori?"

Prese per mano il figlioccio e seguì la vecchia.

Passando davanti a Ramon si scusò, indicando col mento Alì disteso a braccia spalancate in mezzo alla stanza:

"Non posso portartelo via", disse. "Non ne ho la forza."

"Non prendertela", l'interruppe il vecchio forzato. "Mia moglie se la sbrigherà. Lo nasconderà in un angolo dove nessuno riuscirà a trovarlo."

Il Lionese posò lo sguardo sulle cromature della macchina.

"Che cosa ne farete di quel macinino?"

"Lo smonteremo per venderlo più tardi come rottame."

"È meglio", convenne. "Be', addio."

Mentre guidava, il Lionese aveva i denti affondati nel labbro inferiore. Il sudore gli ghiacciava la schiena. Un dolore lancinante gli torceva le reni. Tutta l'energia che gli restava era protesa verso un'unica meta: la casa dello Svedese.

In fondo alla macchina, il piccolo, raggomitolato a palla, dormiva sul sedile. Il soprabito del Lionese lo proteggeva dal freddo. A metà strada, l'amico di Jo sentì che la benda gli scivolava lungo i fianchi magri. Qualcosa di tiepido, di vischioso, gli colò sullo slip e gli inondò le cosce. Una sofferenza insopportabile. Stava quasi per svenire. Abbassò il finestrino. L'aria umida della notte lo rianimò. Senza mollare il volante, si sbottonò la giacca. Poi, con precauzione, si aprì i pantaloni.

Subito qualcosa di molle, di ripugnante, gli rotolò nel palmo. Qualcosa come la trippa di vitello. Non osò ritirare la mano. Un odore terribile di sangue e di escrementi gli salì alle nari. I denti gli penetrarono più profondamente nelle labbra. A poco a poco gli intestini avanzavano, gli penetravano tra le dita chiuse, si aprivano la strada. Tony non era più capace di fermarli. Era come afferrare un'anguilla. E, di colpo, gli si allargarono sulle ginocchia. Attraverso la stoffa dei pantaloni ne sentì il calore. La pelle gli si accapponò. Per impedire che il ventre gli si vuotasse completamente, spinse il pugno nella ferita, con un colpo secco. Se gli avessero parlato sarebbe stato incapace di aprir bocca: i denti gli trapassavano il labbro. Il sangue gli inondava la gola.

I sobborghi di Parigi, l'incubo, le strade, i fantasmi...

Quando la casa dello Svedese fu a portata di ruote, tolse il piede dall'acceleratore e, con un ultimo riflesso, accostò la macchina al marciapiede.

Una mezz'ora dopo, due vigili di ronda scoprirono la macchina. Il piccolo dormiva ancora. Tony il tisico era riverso sul volante. Le braccia gli erano scivolate sul sedile. Le budella formavano un grembiule sanguinolento sui pantaloni.

Finito di stampare nel mese di maggio 2003 presso
il Nuovo Istituto d'Arti Grafiche - Bergamo

Printed in Italy

DIABOLIK PRESENTA I BESTSELLER DEL CRIMINE

NELLA STESSA COLLANA

Richard Stark

COMEBACK
COLPO SU COLPO

PREFAZIONE DI MARIO GOMBOLI

Parker, il maestro della rapina, è a riposo nel New Jersey con la sua compagna, Claire. Ma i 300.000 dollari di fondi della "crociata" di un ricco e disonesto predicatore televisivo sono una tentazione sufficiente a farlo tornare in gioco. L'occasione è irripetibile, grazie alla presenza di un informatore dall'interno. E i complici sono tre abili professionisti del crimine. Eppure anche un colpo perfetto può nascondere brutte sorprese: qualcuno vuole mettere Parker fuori gioco e tenere il malloppo tutto per sé. Braccato da poliziotti, criminali e uomini della "crociata", ora Parker ha un solo obiettivo: rimettere le mani sul bottino perduto. E nessuno potrà fermarlo.

RICHARD STARK è lo pseudonimo con cui il celebre scrittore Donald E. Westlake (nato a Brooklyn nel 1933) ha creato Parker, personaggio-culto del noir americano e ispiratore di numerose pellicole, fra cui il recente *Payback* con Mel Gibson. Proprio grazie al successo di questo film nasce la nuova serie dedicata a Parker, inaugurata da questo romanzo.

NELLA STESSA COLLANA

Lawrence Sanders

RAPINA RECORD A NEW YORK

PREFAZIONE DI ALAN D. ALTIERI

Quando John "Duke" Anderson, rapinatore appena uscito di prigione, incontra Mrs. Everleigh, ricca signora in cerca di avventure, scatta la geniale ispirazione per una rapina da record: svaligiare un intero palazzo sulla 73ma Strada di New York, con un ricco bottino in denaro, gioielli e quadri d'autore. Da abile stratega, Anderson pianifica brillantemente il colpo in ogni sua fase. Ma non arriva a immaginare che ogni suo passo venga seguito dalle microspie della polizia, dell'FBI e del Secret Service... Un thriller originale, magistrale, inimitabile, dal meccanismo perfetto, da cui Sidney Lumet ha tratto l'indimenticabile film con Sean Connery, Dyan Cannon e Christopher Walken.

LAWRENCE SANDERS (1920-1998), giornalista e scrittore, è stato autore di numerosi bestseller. In questo romanzo fa la sua prima apparizione anche il capitano E.X. Delaney, poi protagonista della serie dedicata ai peccati mortali.

ISBN 88-454-2330-1